Quart*buch*

Ein höchst komischer Roman aus Sizilien über die Wirren, Intrigen, Verhaftungen, Morde und Liebesdramen, die ein einfacher Antrag auf ein Telephon auslöst.

Der Holzhändler Filippo Genuardi, genannt Pippo, ist ein fortschrittlicher Mensch und begeistert sich für alles Neue; er besitzt auch einen Phonographen Edison und sogar einen motorisierten Vierräder, den er sich aus Paris kommen ließ. Und nun beantragt er ein Telephon: eine Sensation in Sizilien im Jahr 1891.

Doch Pippos Antrag an die Präfektur von Montelusa bleibt unbeantwortet. Der Wunsch ist dem Präfekten suspekt. Wozu braucht Filippo Genuardi ein Telephon? Da muß etwas dahinterstecken! Aber auch Pippo ist nicht auf den Kopf gefallen. Er weiß, wie die Dinge funktionieren in seinem Land. Daher trifft er Freunde, die wieder Freunde haben, die seinen Antrag auf den Weg bringen können, jeweils gegen einen kleinen Gefallen, wie das eben so ist.

Filippo Genuardi besorgt dem Commendatore Don Lollo Longhitano die wechselnden Adressen seines Freundes Rosario La Ferlita, genannt Sasà, der untergetaucht ist, weil er seine Spielschulden nicht begleichen kann. Und bald ist halb Sizilien in den Fall verwickelt: Entlassungen, Beförderungen, Verhaftungen, Freilassungen, Morde, Selbstmorde – alles nur wegen eines Telephons …

»Camilleri, das Phänomen des Jahres.«

Angelo Guglielmi, L'Espresso

Andrea Camilleri

Der unschickliche Antrag

Roman

Aus dem Italienischen von Moshe Kahn

Verlag Klaus Wagenbach Berlin

Diesen Roman widme ich Ruggero, Dante und Ninì: daß sie nicht mehr sind, wird mir mit jedem Tag, der vergeht, schwer.

Und was für ein Zusammenbruch sämtlicher Illusionen und des glühenden Glaubens, mit denen sich die Insel für die Erhebung begeistert hatte, ist über Sizilien hinweggezogen! Arme Insel, die man wie ein erobertes Land behandelte! Arme Inselbewohner, die man wie Barbaren behandelte, die erst noch zivilisiert werden mußten! Und eingefallene Horden vom Kontinent wollten sie zivilisieren: neuartiges Kriegsvolk, jene niederträchtige Kolonne, die von einem Abtrünnigen befehligt wurde, dem ungarischen Obristen Eberhardt, der zuerst mit Garibaldi nach Sizilien gekommen war und dann zu denen gehörte, die ihn am Aspromonte niederschossen; und dann dieser savoyardische Kleinleutnant Dupuy, dieser Brandschatzer; eingefallen war sämtlicher Abschaum der Bürokratie; Streit, Duelle und rohe Szenen; das Präfektenamt des Luigi de' Medici; Militärgerichte, Diebstahl, Morde, Raubüberfälle, von der neuen Polizei im Namen der Königlichen Regierung angestiftet und ausgeführt; die Fälschung und Unterschlagung von Dokumenten und schändliche politische Prozesse: alles das durch die erste Regierung der Parlamentarischen Rechten! Danach kam die Linke an die Macht, und auch sie hat mit Sonderbeschlüssen für Sizilien begonnen; gesetzeswidrige Anmaßungen, Betrügereien, Erpressungen, skandalöse Gunsterweise und Vergeudung öffentlicher Gelder; Präfekten, Delegierte und Staatsanwälte, die den Ministerialabgeordneten zu Diensten waren; schamlose Klientelen und Wahlbetrug; Wahnsinnsausgaben und entwürdigende Speichelleckereien; die Unterdrückung der Besiegten und der Arbeiter, die per Gesetz vollzogen und geschützt wurde, bei gleichzeitig zugesicherter Straffreiheit für die Unterdrücker...

LUIGI PIRANDELLO, Die Alten und die Jungen

Einige Personen

VITTORIO MARASCIANNO Präfekt von Montelusa
CORRADO PARRINELLO sein Kabinettschef, dann substituiert durch
GIACOMO LA FERLITA Bruder von Rosario (»Sasà«)
ARRIGO MONTERCHI Polizeipräsident von Montelusa
ANTONIO SPINOSO Dienststellenleiter der Polizei von Vigàta
GESUALDO LANZA-TURÒ Kommandant der Königlichen Carabinieri für den Bezirk Vigàta, später substituiert durch
ILARIO LANZA-SCOCCA
PAOLANTONIO LICALZI Gefreiter der Königlichen Carabinieri von Vigàta
GIUSEPPE SENSALES Generaldirektor der Polizei
AMABILE PIRO Direktor des Disziplinarbüros der Polizei
CARLO ALBERTO DE SAINT-PIERRE General, Kommandeur der Königlichen Carabinieri auf Sizilien
ARTIDORO CONIGLIARO Unterpräfekt von Bovina
GIOVANNI NICOTERA Innenminister
FILIBERTO SINI Minister für das Post- und Telegraphenwesen
IGNAZIO CALTABIANO Direktor der Post- und Telegraphenverwaltung für die Region Palermo
AGOSTINO PULITANÒ Landvermesser der Post- und Telegraphenverwaltung von Palermo
CATALDO FRISCIA Direktor des Katasteramts von Montelusa
VITTORIO TAMBURELLO Leiter des Postamts von Vigàta
CALOGERO (»DON LOLLÒ«) LONGHITANO Commendatore, ein »ehrenwerter Komptur«
CALOGERINO LAGANÀ Vertrauensmann des Commendatore
GEGÈ ein weiterer Vertrauensmann des Commendatore
ORAZIO RUSOTTO Advokat, Bruder von
RINALDO RUSOTTO Advokat
NICOLA ZAMBARDINO Advokat
FILIPPO (»PIPPO«) GENUARDI Geschäftsmann, Gatte von
GAETANINA (»TANINÈ«) Tochter von
EMANUELE (»DON NENÈ«) SCHILIRÒ Gatte von
CALOGERA (»LILLINA«) LO RE
CALOGERO JACONO (»CALUZZÈ DIE SCHRUMPELFEIGE«) »Gehülfe« im Holzlager von Filippo Genuardi

ROSARIO (»SASÀ«) LA FERLITA Buchhalter, früherer Freund von Filippo Genuardi
ANGELO GUTTADAURO Freund von Rosario und Filippo
DOTTOR ZINGARELLA Arzt von Vigàta
DON COSIMO PIRROTTA Pfarrer von Vigàta
SALVATORE SPARAPIANO Holzgroßhändler
G. NAPPA & G. CUCCURULLO Advokatenkanzlei
FILIPPO MANCUSO kleiner Landbesitzer
MARIANO GIACALONE kleiner Landbesitzer
GIACOMO GILIBERTO kleiner Landbesitzer

Geschriebenes eins

An
Seine Hochverehrte Exzellenz
Vittorio Parascianno
Präfekt von
Montelusa

Vigàta, am 12. Juni 1891

Exzellenz,
der Unterzeichnete GENUARDI Filippo, Sohn des hingeschiedenen Giacomo Paolo und der Posacane Edelmira, geboren in Vigàta (Provinz Montelusa), am 3. des Monats September 1860, und daselbst wohnhaft in der Via dell' Unità d'Italia Nr. 75, von Beruf Holzhändler, möchte Kenntnis darüber erhalten, welche Dokumente zur Bewilligung eines Telephonanschlusses zum privaten Gebrauche erforderlich sind.

Zutiefst dankbar für die güthige Aufmerksamkeit, die E. E. meiner Bitte zukommen lassen wollen, verbleibe ich unterthänigst und hochachtungsvoll

Genuardi Filippo

An
Seine Hochverehrte Exzellenz
Vittorio Parascianno
Präfekt von
Montelusa

Vigàta, am 12. Juli 1891

Exzellenz,
der Unterzeichnete GENUARDI Filippo, Sohn des hingeschiedenen Giacomo Paolo und der Posacane Edelmira, geboren in Vigàta (Provinz Montelusa), am 3. des Monats September 1860, und daselbst wohnhaft in der Via dell'Unità d'Italia Nr. 75, von Beruf Holzhändler, suchte, mit Datum des 12. Juni diesen Jahres, will sagen vor nunmehr genau einem Monat, der Großmuth und Güthe Eurer Exzellenz die Bitte vorzutragen, Kenntnis darüber zu erhalten, welche Dokumente unerläßlich nothwendig sind zur amtlichen Bewilligung eines Telephonanschlusses zu privatem Gebrauche.

Da ich, gewiß auf Grund eines ganz einfachen Versehens, keinerlei Antwort seitens des Amtes erhalten habe, dem E. E. in so hervorragender Weise vorstehen, sieht sich der Unterzeichnete leider vor die nicht zu umgehende Nothwendigkeit gestellt, die Bitte noch einmal demüthig vorzutragen.

Zutiefst dankbar für die güthige Aufmerksamkeit, die E. E. meinem Ersuchen zukommen lassen wird, und mich außerordentlich entschuldigend für die Störung, die ich Eueren Hohen Amtswaltungen verursacht habe, verbleibe ich unterthänigst und hochachtungsvoll

Genuardi Filippo

An
Seine Hochverehrte Exzellenz
Vittorio Parascianno
Präfekt von
Montelusa

Vigàta, am 12. August 1891

Hochverehrteste, hochwertheste Exzellenz!
Der Unterzeichnete GENUARDI Filippo, Sohn des hingeschiedenen Giacomo Paolo und der ebenfalls hingeschiedenen Posacane Edelmira, geboren in Vigàta (Provinz Montelusa), am 3. des Monats September 1860, und daselbst wohnhaft in der Via Cavour Nr. 20, Holzhändler, vermaß sich, mit Datum vom 12. Juni diesen Jahres, will sagen vor genau zwei Monaten, der vortrefflichen Großmuth, dem weitblickenden Verständnis und der väterlichen Güthe Eurer Exzellenz ein Bittgesuch zu unterbreiten, um Kenntnis über die nothwendigen Auflagen (Dokumente, Zertifikate, Bescheinigungen, Zeugnisse, beglaubigte Aussagen) hinsichtlich der Antragstellung an die Regierung zur Bewilligung eines Telephonanschlusses zum privaten Gebrauche zu erhalten.

Gewiß auf Grund eines ganz einfachen Versehens, das der Unterzeichnete nicht einmal im Traume der Königlichen Post- und Telegraphenverwaltung anrechnet, hat er keinerlei Antwort erhalten und sah sich daher zu seinem größten Bedauern veranlaßt, Euere Exzellenz noch einmal, mit Datum vom 12. Juli diesen Jahres, zu behelligen.

Doch auch dieses zweite Mal erhielt er nicht die erbetene Antwort.

In der Gewißheit, das stolze Schweigen Eurer Exzellenz nicht verdient zu haben, wirft sich der Unterzeichnete ein drittes Mal vor Euch auf die Knie, um Euer Erlauchtes Wort zu erflehen.

Zutiefst dankbar für die güthige Aufmerksamkeit und mich außerordentlich für die Störung entschuldigend, die ich Eueren Hohen Amtswaltungen verursacht habe, verbleibe ich unterthänigst und hochachtungsvoll

Genuardi Filippo

P.S. Wie Euere Exzellenz durch Vergleich dieses Schreibens mit den beiden vorausgegangenen ersehen können, ist meine gottselige Mamma, wie es der Lauf des Lebens mit sich bringt, vom Allerhöchsten zu sich gerufen worden, und der Unterzeichnete ist daher in die freistehende Wohnung derselben verzogen, die sich, wie bereits gesagt, in der Via Cavour Nr. 20 befindet.

An den
Sehr Geehrten Buchhalter
Signor Rosario La Ferlita
Piazza Dante 42
Palermo

Vigàta, am 30. August 1891

Theuerster Sasà,
erst gestern noch, hier bei uns, als wir im Club waren, sprach Don Lollò Longhitano öffentlich über Dich (genauer gesagt, er sprach schlecht über Dich). Er, Don Calogero, behauptete nämlich, daß Du, nachdem Du beim Spiel mit seinem Bruder Nino satte zweitausend Lire verloren habest, von der Bildfläche verschwunden seist. Don Lollò betonte, es sei allgemein anerkannt, daß Spielschulden innerhalb von vierundzwanzig Stunden beglichen werden müßten, Du Dir aber zweitausendfünfhundertzweiundsiebzig Stunden genommen habest, die Rechnung bis gestern abend um acht offenzuhalten. Da ich den Commendatore Calogero Longhitano gut kenne, mit dem nicht gut Kirschen essen ist, wenn ihm die Eier dampfen (und gestern abend dampften sie ihm), habe ich mir, im Namen unserer alten Freundschaft, erlaubt, ihn zu unterbrechen. Wohl wissend, welchem Risiko ich mich aussetzte, als ich das tat: Don Lollò ist gefährlich widersprüchlich, und mit ihm scherzt man nicht. Doch das Bewußtsein unserer Freundschaft war stärker. Überaus freundlich, aber nicht weniger bestimmt, erinnerte ich ihn daran, daß jeder Dich als Person kenne, die eingegangene Verpflichtungen immer erfüllt. Trotz seiner Antwort (die ich Dir hier nicht wiedergebe, weil ich Dir

keinen Schmerz verursachen will), fügte ich noch hinzu, daß Du Dich seit zwei Monaten in Neapel aufhieltest, in einem Krankenhaus, wegen eines schweren Lungenleidens. An diesem Punkt nun wollte Don Lollò die Anschrift des Krankenhauses aus mir herauspressen, aber es war mir irgendwie gelungen, mich um die Antwort zu drücken. Zurück zu Hause, habe ich gleich drei Gläschen französischen Cognacs trinken und mir das verschwitzte Hemd wechseln müssen: sich einer Auseinandersetzung mit dem Commendatore zu stellen, kann, mitunter, einem Selbstmorde gleichkommen. Sicher bin ich mir aber, daß Don Lollò es noch einmal versuchen wird, Deine Anschrift in Erfahrung zu bringen: Er will, daß Du die zweitausend Lire, die Du seinem Bruder schuldest, ausspuckst. Hoffen wir, daß ich, mit festem Herzen, ihm weiterhin Deine richtige Anschrift verhehlen kann, die Du mir als Unterpfand für unsere eisernen Freundschaftsbande hast enthüllen wollen. Mit diesem Briefe bitte ich Dich um einen geringfügigen Gefallen, den Du mir sicher nicht verweigern wirst, wenn Du bedenkst, was ich für Dich gethan habe und auch weiterhin für Dich zu thun beabsichtige. Du müßtest Deinen Bruder Giacomino, oder wie dieser Angestellte bei der Präfektur von Montelusa sonst heißt, bitten, eine Antwort auf drei von mir an das riesengehörnte Rindviech von Präfekten Parascianno gerichtete Briefe zu beschleunigen.

In meinem letzten Brief an ihn fehlte nur wenig, und ich hätte diesem Spermenkanonier von Neapolitaner noch den Arsch abgeleckt. Ich möchte lediglich Auskünfte über die Bewilligung eines Telephonanschlusses erhalten, ich bitte ihn ja nicht um das Loch seiner Schwester.

Tu was.

Dein *Pippo Genuardi*

An den Buchhalter
Rosario La Ferlita
Piazza Dante 42
Palermo

Vigàta, am 20. September 1891

Mein vielgeliebter Bruder Sasà,
kann ich eigentlich mal erfahren, mit welchen Stricken Du mich fesseln willst? Willst Du meinen völligen Ruin? Du weißt doch, welche Opfer ich auf mich nehme, um unsere Eltern zu versorgen und Deine Schulden in monatlichen Raten abzuzahlen. Ist das der Dank, den Du mir entgegenbringst? Wie ist es bloß möglich, daß Du immer noch Deinen Kopf in die Wolken steckst und einen liederlichen Lebenswandel führst?

Nach Erhalt Deines Briefes wandte ich mich an den Commendatore Parrinello, Kabinettschef S. E. des Präfekten, um den Vorgang Deines ehrenwerthen Freundes Genuardi Filippo zu beschleunigen. Mit großer Freundlichkeit sicherte Commendatore Parrinello mir dies zu. Dann aber rief er mich am nächsten Morgen zu sich in sein Arbeitszimmer, ließ mich die Thüre mit dem Schlüssel abschließen und theilte mir mit, daß der Vorgang Genuardi in den Händen Seiner Exzellenz selber liege, weil die Angelegenheit nicht unbedeutend sei. Der Commendatore hat mich auch noch besonders darauf hinweisen wollen, daß S. E. nicht mehr ganz bei Sinnen sei und riet mir, mich aus dieser ganzen Sache herauszuhalten, die gefährliche Folgen nach sich ziehen könnte.

Zieh Du Dich also aus dieser Angelegenheit zurück,

die nur verdächtig sein wird. Sprich mir nie wieder von Filippo Genuardi.

In vier bis fünf Tagen schicke ich Dir eine Geldanweisung über dreihundert Lire. Es umarmt Dich Dein Bruder

Giacomino

Lieber Pippo,
das hier ist der Brief, den Giacomino mir geschickt hat. Alles, was Du erreicht hast, ist, daß ich mir von meinem Bruder einen Vorwurf habe machen lassen müssen. Was immer Du anfaßt, geht schief. Reicht Dir der motorisierte Vierräder noch nicht? Reicht Dir der Phonograph Edison noch nicht? Liebäugelst Du jetzt auch noch mit dem Telephon? Laß es doch gut sein!

Vor drei Tagen habe ich die Wohnung gewechselt, ich wohne nicht mehr an der Piazza Dante, allerdings gebe ich Dir die neue Anschrift nicht, weil ich vermeiden will, daß Du beim Commendatore Longhitano in Verlegenheit kommst.

Addio, du Gehörnter.

Sasà

An den
Hochverehrten Commendatore
Calogero Longhitano
Vicolo Loreto 12
Vigàta

Fela, am 1. Oktober 1891

Hochgeschätzter Commendatore,
Sie haben, bei mehreren Gelegenheiten, immer die Güthe besessen, mich mit Ihrem besonderen Wohlwollen auszuzeichnen, durch Thaten und Worte, die mich aus der Menge der Bittsteller, die sich Tag um Tag an Ihr großes Herz wenden, herausheben. Sie können sich nicht im entferntesten vorstellen, wie sehr diese Ihre Geneigtheit Ansporn und Trost für mich gewesen ist.

Kürzlich abends, im Club von Vigàta, riefen Sie mich zur Seite, um mir zu sagen, Sie hätten von jemandem erfahren, daß Sasà La Ferlita wegen eines Lungenleidens in einem Krankenhaus in Neapel liege. Ich habe, sofern ich mich richtig entsinne, diese Mitteilung sofort dementiert: die Geschichte mit dem Krankenhausaufenthalt sei eine hübsche, von Sasà La Ferlita selbst verbreitete Geschichte, um sich seinen Verpflichtungen zu entziehen. Und bei der nämlichen Gelegenheit theilte ich Ihnen die wirkliche Anschrift von La Ferlita mit, nämlich Piazza Dante 42, Palermo. In diesem Bruchteil eines Augenblicks erinnerte ich mich an ein lateinisches Sprichwort, das meine gottselige Mutter mir bei jeder sich bietenden Gelegenheit wiederholte: »Amicus Pilato, sed magis amica veritas.«

Da ich mich aus Gründen meiner Arbeit in diesen Tagen in Fela aufhalte, habe ich zufällig einen gemeinsamen Freund von Sasà und mir getroffen, der mir sagte, er habe in Erfahrung gebracht, daß La Ferlita umgezogen sei oder im Begriff stehe umzuziehen. Daher beeile ich mich, Ihnen zu schreiben. Sofern Sie jemanden nach Palermo schicken wollen, um Sasà zu überzeugen, die Schulden zu bezahlen, die er mit Ihrem Bruder Nino eingegangen ist, müssen Sie sich beeilen.

Die neue Wohnanschrift von La Ferlita ist dem gemeinsamen Freunde nicht bekannt.

Seien Sie versichert, ich bin unterthänigst der immer zu Ihren Diensten stehende

Filippo Genuardi

P.S. Ich werde mich noch bis zum Wochenende in Fela aufhalten, danach kehre ich wieder nach Vigàta zurück. Verzeihen Sie mir, wenn ich es wage, Ihnen eine Bitte vorzutragen. Mitte Juni diesen Jahres habe ich ein Gesuch an die Präfektur von Montelusa gerichtet, um Kenntnis über die zur Beantragung eines Telephonanschlusses nothwendigen Papiere und Dokumente zu erhalten.

Könnten Sie, der sich dienlicher Freundschaften erfreut, auf eine Antwort drängen? Von einem Freunde habe ich erfahren, daß S. E. der Präfekt, ohne jeglichen Grund, meinem Bittgesuche gegenüber Argwohn hegt. Sie kennen mich doch gut, würden Sie den Herren von der Präfektur erklären, daß ich lediglich ein Holzhändler bin, der den Telephonanschluß ganz ausschließlich zum privaten Gebrauche zu nutzen beabsichtigt?

Dankbar für Ihr Interesse, das, dessen bin ich gewiß, nicht mangeln wird, versichert Sie erneut unterthänigst

Filippo Genuardi

KÖNIGLICHE PRÄFEKTUR VON MONTELUSA
DER KABINETTSCHEF

An Herrn
Filippo Genuardi
Via Cavour Nr. 20
Vigàta

Montelusa, am 7. Oktober 1891

Wir haben es nicht für nöthig erachtet, Ihre drei Briefe vom 12. Juni, 12. Juli und 12. August des laufenden Jahres beantworten zu sollen, da deutlich ist, daß es sich um einen offenkundigen Irrtum Ihrerseits handelt.

Denn diese Königliche Präfektur ist kein Auskunftsbureau, und dies um so weniger, als dasselbe rein gar nichts mit der Königlichen Post- und Telegraphenverwaltung zu schaffen hat, an welches Sie sich korrekterweise hätten wenden müssen.

Ich nehme die Gelegenheit wahr, Sie darauf aufmerksam zu machen, daß Seine Exzellenz der Präfekt mit Familiennamen Marascianno heißt und nicht Parascianno, wie Sie ihn immer wieder hartnäckig anreden.

Der Kabinettschef S. E. des Präfekten
(*Comm. Corrado Parrinello*)

(Vertraulich)

An den
Hohen Offizier
Arrigo Monterchi
Königlicher Polizeipräsident von
Montelusa

Montelusa, am 10. Oktober 1891

Hochwerthester Kollege und Freund!
Gestern, als der Tag sich dem Sonnenuntergange neigte, hatte ich – im Verlaufe des herrlichen Privatempfanges, den Seine Hochgeschätzte Eminenz, Monsignor Gregorio Lacagnìna, neuer Bischof und Oberhirte von Montelusa, für uns gegeben hat –, sicherlich durch den Anblick des Himmels inspiriert, die Kühnheit, Euch, wenngleich nur in allgemeinen und äußerst verkürzten Begriffen, auf den Zustand der Verwirrung hinzuweisen, der sich – teils aus rein familiären Gründen, teils aus solchen, die mit dem mir auferlegten Hohen Amte als Repräsentant des Italienischen Staates in dieser, erlauben Sie mir die Behauptung, so weh sie mir auch tut, in dieser rechtlosen, zutiefst niederträchtigen Provinz unseres Vielgeliebten Italiens – wie ein Zangengriff in diesen letzten Monaten um mich gelegt hat. Soweit es meine Familienangelegenheiten betrifft, könnte ich sie, wenn Ihr kein Bergamaske, sondern Neapolitaner wäret wie ich, auf einen Nenner bringen, indem ich Euch fünf Nummern aufschriebe (59, 17, 66, 37, 89), und schon hättet Ihr ein klares und unmittelbares Bild von dem, was sich ereignet hat.

Meine zweite Gattin Agostina (Eleuteria, meine erste Gattin, verstarb vor nunmehr zehn Jahren an Cholera Morbus), Agostina also, wesentlich jünger als ich, wurde mir bald schon untreu (59) mit einem falschen Freunde (17) und beging hinter meinem Rücken schändlichen Betrug (66). Da ich nun aber von Salerno nach Montelusa versetzt wurde, machte sie sich, die verstockte Wortbrüchige, um ihren Buhler nicht zurückzulassen, auf die Flucht (37) und bleibt unauffindbar (89).

Unter den Wenigen, denen ich mich anvertraut habe, gibt es Niemanden, der in diesem überaus bitteren Vorfall nicht die tiefen Ursachen für ein Unwohlsein und einen Verdruß sähe, welche mir die täglichen Lebens- und Thätigkeitsverrichtungen schwer machen. Aber so ist es nun einmal.

Zu allem Überflusse habe ich, bei meiner Ankunft in der Präfektur von Montelusa, das Amt in den Fängen von Gerüchten, Vorspiegelungen, Ränken, Lügen, Verdächtigungen und Intrigen vorgefunden, die alle nur ein Ziel hatten: Mir noch mehr Schaden zuzufügen, unbeirrt.

Zudem kann ich nicht umhin, Erwägungen über die politischen Verhältnisse der Insel (vor allem aber dieser schauerlichen Provinz) anzustellen, die ganz einem mit dicken, bedrohlichen Regenwolken verhangenen Himmel vergleichbar ist, Vorbote heraufziehender Unwetter.

Wie Ihr sehr wohl wißt, stürmen aufrührerische, verstockte Aufwiegler völlig unbehelligt über die Insel, Bakuninanhänger, Malonanhänger, Radikale, Anarchisten, Sozialisten, und säen überall mit vollen Händen die triste Saat von Aufruhr und Haß aus.

Was nun macht der fleißige, wachsame Bauersmann?

Wenn er in einem bis zum Rand mit köstlichen Früchten gefüllten Korb einen faulen Apfel sieht, zögert er nicht, denselben augenblicklich wegzuwerfen, damit dieser die anderen nicht anstecke und die Fäulnis sich nicht weiter ausbreite.

Andererseits denkt mancher höheren Ortes, daß es keiner Vorkehrungen bedürfe, die andere als repressiv auffassen könnten; doch indessen, während man noch redet und diskutiert, treibt der böse Same Wurzeln, die sich stark, aber leider auch unsichtbar entwickeln.

Und so haben sie denn eine ausgeprägte Fähigkeit darin, ihre trüben Absichten oftmals hinter dem Anschein zivilisierten Zusammenlebens zu verbergen.

So schauen Sie sich, zum Beispiel, diese drei Briefe eines gewissen Genuardi Filippo an, die ich Ihnen in Abschrift beifüge.

Seit drei Monaten lassen sie mich kein Auge mehr schließen. Welche Arglist! Wieviel verwegener Hohn!

Wieso, habe ich mich gefragt, versteift er sich darauf, mich Parascianno zu nennen, wo doch mein Zuname Marascianno lautet?

Darüber habe ich lange nachgedacht, zuweilen sogar, das gebe ich zu, die Pflichten meines Amtes vernachlässigend, doch am Ende kam ich der Sache auf den Grund.

Indem dieses unflätige Subjekt das »M« meines Nachnamens mit dem »P« vertauscht, spielt er in Wirklichkeit auf etwas Doppeldeutiges an. Doch, doch, denn in unserer Mundart bedeutet »parascianno« (oder mitunter auch »paparascianno«) das gleiche wie »barbagianni«, und es dürfte auch Ihnen bekannt sein, daß man damit eine Person bespitznamt, die alt ist und einem auf die Nerven geht.

Doch bis hierhin – transeat. Gehen wir darüber hinweg.

In seiner luzipherischen Bosheit jedoch begnügt sich dieser Genuardi nicht mit Anspielungen, sondern geht zu ehrenrühriger Beleidigung über.

Im trivialsten Jargon der neapolitanischen Unterwelt beschreibt man mit »parascianno« (oder eben auch »paparascianno«) ein männliches Glied von animalischen Ausmaßen.

Letzten Endes also nennt mich dieses unflätige Subjekt, durch die scheinbar harmlose Vertauschung eines Konsonanten, so etwas wie »Du riesenviechgroßer Schwanz!«.

Und noch etwas: Warum wird mit jedem Briefe sein Servilismus gegenüber meiner Person immer deutlicher?

Worauf will er hinaus? In welchen Hinterhalt schleift er mich?

Ich bin hier, um Euere großzügige Hilfe zu erbitten. Könntet Ihr Informationen über die politische Gesinnung dieses Genuardi bei dem einen oder anderen Euerer Untergebenen in Vigàta erfragen?

Ich meinerseits werde ein Gleiches bei den Carabinieri thun.

Mit Dankbarkeit und aufrichtiger Freundschaft, Ihr allerergebenster

Vittorio Marascianno

P.S. Wie Ihr gewiß bei Eurer hohen Intelligenz und Finesse bemerkt haben werdet, wollte ich absichtlich kein Papier mit Briefkopf der Königlichen Präfektur verwenden. Ich bitte Euch daher, zu dem gleichen Kniffe zu greifen, sofern Ihr eine Antwort für mich habt.

(Vertraulich)

An den
Hochverehrten Commendatore
Corrado Parrinello
Viale Cappuccini 23
Montelusa

Montelusa, am 15. Oktober 1891

Hochwerthester Commendatore,
mein unersetzlicher Vorgänger, der gottselige Grande Ufficiale Emanuele Filiberto Bàrberi-Squarotti, hatte, als er mir das Königliche Polizeipräsidium übergab, ganz privat Ihre Person als jemanden gepriesen, der jeglichen Vertrauens würdig und jederzeit, im allerhöchsten Interesse unseres Landes, zur diskreten Zusammenarbeit mit unserem Amte bereit sei.

Glücklicherweise habe ich bis gestern keinerlei Nothwendigkeit gesehen, mich an Sie zu wenden und Ihre großzügige Bereitwilligkeit in Anspruch zu nehmen. Jetzt aber fühle ich mich verpflichtet, Sie über eine Frage von heikelster Feinfühligkeit in Kenntnis zu setzen, für deren Lösung ich Ihres erleuchtenden Rates bedarf, damit wir, eventuell, im Verbunde verfahren können.

Von Ihrem Vorgesetzten, dem Präfekten von Montelusa, Vittorio Marascianno, habe ich einen vertraulichen Brief erhalten, dem drei weitere an ihn gerichtete Briefe von einem gewissen Genuardi Filippo aus Vigàta beigefügt waren.

In diesen drei Briefen hat Seine Exzellenz Verhöhnung, Beleidigung und unterschwellige Drohung erkennen wollen.

Ganz offen und vollkommen aufrichtig gesagt, habe ich in diesen Schreiben nichts dergleichen entdecken können.

Der Ton des Briefes Seiner Exzellenz dagegen hat mich in Alarm versetzt, weil er, wie soll ich sagen?, eine Erregung seines Gemüthes erkennen läßt, welche dazu führt, nicht vorhandene Schatten zu beschwören.

Sie verstehen, daß, in einem so heiklen politischen Augenblicke, wie dem derzeitigen, eine nicht perfekt ausgeglichene Autorität, die nicht Herr ihrer selbst und ihrer Handlungen ist, ein ernsthaftes Fiasko herbeiführen kann, ganz abgesehen von unvorhersehbaren Entwicklungen.

Ihnen obliegt indessen die *Pflicht*, mit mir darüber zu sprechen.

Vorsichtshalber habe ich an Ihre Privatanschrift geschrieben.

Besuchen Sie mich so bald wie möglich.

Mit dem Ausdruck höchster Werthschätzung,

Arrigo Monterchi

POLIZEIDIENSTSTELLE VON VIGÀTA

An den
Herrn Polizeipräsidenten
von
Montelusa

Vigàta, am 18. Oktober 1891

Betreff: Genuardi Filippo

GENUARDI FILIPPO (genannt Pippo) – Sohn des verschiedenen Giacomo Paolo und der ebenfalls verschiedenen Posacane Edelmira – geboren in Vigàta, am 3. September des Jahres 1860, und daselbst wohnhaft in der Wohnung der Mutter in der Via Cavour Nr. 20.

Lange Zeit ohne Beruf, auf Kosten der Mutter (einer Witwe) lebend, handelt er seit drei Jahren mit Holz.

Seit fünf Jahren ist er mit Gaetana (genannt Taninè) Schilirò verheiratet, einziger Tochter des Emanuele (genannt Don Nenè) Schilirò, Schwefelhändler, Eigenthümer der Mine Tagliacozzo in der Provinz von Caltanissetta und einer Schwefelveredelungsfabrik in Vigàta, Via Stazione Nuova.

Emanuele Schilirò gilt, zu Recht, als der vermögendste Mann von Vigàta. Witwer geworden, hat er vor nunmehr sechs Jahren wieder geheiratet, und zwar die dreißigjährige Calogera (genannt Lillina) Lo Re, Tochter eines Schwefelhändlers aus Fela. Die Ehe, die offensichtlich auf Grund eigennütziger Interessen zwischen dem alten Schilirò (zweiundsechzig Jahre alt) und der jungen Lo Re zustande gekommen ist, sorgte im Ort für abfällige Bemerkungen, die bald aber schon durch das untadelige Verhalten der jungen Gattin zum Schweigen gebracht wurden. Heftig war der Widerstand Emanuele Schiliròs gegen die Verlobung seiner einzigen Tochter mit einem abgebrannten Subjekt wie dem Genuardi; doch war alles vergebens, jener mußte sich der blinden Starrköpfigkeit seiner Tochter beugen, die sogar einen Selbstmord versuchte, indem sie sich ins Meer stürzte. Mit der Aussteuer seiner Gattin konnte Genuardi, der ein kostspieliges Leben zu führen begann, ein Holzlager eröffnen. Die Beziehungen zwischen dem Schilirò und seinem Schwiegersohne bewegen sich im Rahmen gebührlicher gegenseitiger Besuche. Doch muß hinzugefügt werden, daß Signora Genuardi, auf Grund der wechselhaften Geschäftserfolge ihres Gatten, ziemlich häufig gezwungen ist, bei ihrem Vater vorstellig zu werden.

Mit anderen Worten: hätte der Genuardi nicht seinen Schwiegervater im Rücken, wäre er längst bankrott.

Genuardi hat sich, in der ersten Zeit seiner Ehe, ganz sicher keine ehebrecherischen Beziehungen von unterschiedlicher Dauer erspart. Unter anderem ist allgemein bekannt, daß der Genuardi noch in der Hochzeitsnacht, nachdem er ein paar Stunden mit seiner ihm frisch angetrauten Gattin verbracht hatte, sich in der Kutsche zum Hotel Gellia von Montelusa aufmachte und mit einer Varietétänzerin in fleischlicher Vereinigung bis zum Morgen beisammen war. Es bleibt jedoch anzumerken, daß der Genuardi, seit nunmehr mindestens zwei Jahren, sich den Kopf zurechtgerückt hat und einen einwandfreien Lebenswandel führt, man weiß von keinen Frauen um ihn, er gibt sich keinen flüchtigen Vergnügungen mehr hin. Derlei Seitensprünge blieben seiner Gattin immer verborgen; diese hat, unter anderem, eine überaus gute Beziehung zur zweiten Gattin ihres Vaters, die sozusagen gleichaltrig ist. Der Genuardi hat auch die Freundschaft mit dem Buchhalter Rosario (genannt Sasà) La Ferlita gelockert, einem wirklich lasterhaften Menschen, der sich jeder Ausschweifung hingibt und das schwarze Schaf einer angesehenen Familie ist. Dessen Bruder Giacomo (genannt Zagaglino, wegen eines leichten Stotterfehlers) ist ein tüchtiger Beamter bei der Königlichen Präfektur von Montelusa.

Genuardis Schwiegervater, der den besseren Einsichten wohl nicht traute, hat in Genuardis Lager einen alten Vertrauensmann einstellen lassen, einen gewissen Calogero Jacono (genannt Caluzzè die Schrumpelfeige), der diesem über alles Bericht erstattet.

Nichts ist zu Lasten des Genuardi im Strafregister eingetragen. Mithin gilt er als nicht vorbestraft.

Hierdurch wird außerdem mitgeteilt, daß der Genuardi am 5. März diesen Jahres im Ortsbann Inficherna den Hirten Lococo Anselmo (genannt Sesè der Bleifuß, wegen seines langsamen Schrittes) angefahren, dessen linken Arm gebrochen und den Verlust zweier Ziegen aus der Herde verursacht hat. Der Lococo wurde jedoch überredet, keine Anzeige zu erstatten, da er ein hohes Schmerzensgeld erhielt, das ihm unverzüglich von Signor Emanuele Schilirò angeboten worden war.

Der Genuardi saß am Steuer eines motorisierten Vierrades der Marke Panard und Levassor, das er in Paris gekauft hat, und zwar für einen außerordentlich hohen Preis, weil es sich dabei praktisch um ein Unikat handelte. Ebenfalls in Paris, wohin er sich mit seiner Gattin angelegentlich der Weltausstellung von 1889 begab, hat er auch einen Phonographen Edison mit Wachsrolle gekauft, von dem Musik zu hören ist, wenn man ein beigefügtes Leitrohr ans Ohr führt.

Dieses alles führe ich nicht aus törichter Geschwätzigkeit auf, sondern um die oftmals eigenthümlichen Handlungen des Genuardi deutlich zu machen.

Politische Vorstellungen gibt es bei Genuardi keine. Er wählt entsprechend den Anweisungen seines Schwiegervaters, der ein Urgestein ist. In der Öffentlichkeit hat er seine Meinung noch nie geäußert.

Hochachtungsvoll

Der Leiter der Polizeidienststelle von Vigàta
(*Antonio Spinoso*)

Gesagtes eins

A

(*Giacomo La Ferlita – Pippo*)

»Wozu haben Sie mich eigentlich hier runter geschleppt, Signor La Ferlita?«
»Weil das hier das alte Archiv der Präfektur ist, hier runter kommt keine Sklavenseele. Und keiner kann uns sehen. Ich will mit Ihnen nämlich nichts zu schaffen haben. Vielleicht hat mein Bruder Sasà sich ja nicht deutlich genug ausgedrückt, Signor Genuardi?«
»Ihr Bruder hat sich absolut deutlich ausgedrückt. Sogar ein bißchen sehr deutlich.«
»Und wieso belästigen Sie mich dann in der Präfektur? Ich habe einen geachteten Namen, klar?«
»Kann man eigentlich mal erfahren, warum ihr euch alle in der Präfektur aufführt, als hätte euch der Hafer gestochen? Was hab ich getan? Hab ich vielleicht neben das Pinkelbecken gepißt, oder was?«
»Das fragen Sie mich? Sie wissen doch selber, was Sie angerichtet haben! Und außerdem, ich höre mir nicht gern säuische Ausdrücke an!«
»Was hab ich denn angerichtet?! Nichts hab ich angerichtet! Drei Briefe hab ich an den Präfekten geschrieben und ihn um Auskünfte gebeten, und da hat er sich gleich künstlich aufgeregt.«
»Ich glaube nicht, daß das allein ausschlaggebend ist. Commendatore Parrinello ist mir ernsthaft besorgt vorgekommen.«
»Die sollen sich doch beide in den Arsch ficken lassen, der und Seine Exzellenz!«
»Hören Sie, ich hab Ihnen schon mal gesagt, daß ich säuische Ausdrücke…«
»Na gut, dann bitte ich um Verzeihung und komme zum Grund meines Besuches. Schließlich bin ich ja nicht mei-

netwegen hier, Signor Giacomino. Ich bin hier wegen Ihres Bruders Sasà.«
»Hören Sie mir ja auf mit Sasà.«
»Das kann ich nicht! Wenn ich's bloß könnte! Hier geht's um Freundespflicht!«
»Hören Sie…«
»Nein, jetzt reicht's, jetzt hören Sie mir zu. Ich muß Sasà warnen, daß ihn jemand sucht, der ihm das Fell über die Ohren ziehen will.«
»Aber wieso denn?«
»Was heißt das, wieso denn? Spielen Sie jetzt den Ahnungslosen, oder was? Ja, wissen Sie denn nicht, daß Ihr Bruder Sasà die halbe Welt in den Arsch gefickt hat? Wissen Sie nicht, daß er ganz Sizilien Geld schuldet?«
»Das weiß ich. Aber er begleicht seine Schulden regelmäßig. Die sollen Geduld haben und warten, früher oder später kriegen die ihr Geld schon zurück.«
»Bringen Sie mich doch nicht zum Lachen, Lachen schlägt mir auf die Leber! Dann wissen Sie also auch nicht, daß Ihr Bruder Sasà, jeden, ganz gleich wen, um sein Geld betrügt, ganz nach Lust und Laune? Auch Nino Longhitano, den Bruder von Commendatore Don Lollò, hat er um zweitausend Lire geprellt.«
»Oh, der Wichser, der verdammte Wichser.«
»Was denn, so unflätig? Nehmen Sie jetzt etwa säuische Ausdrücke in den Mund?«
»Ausgerechnet den Bruder von Don Lollò Longhitano mußte diese Gurke von Sasà um zweitausend Lire prellen? Da frag ich mich doch und sag: Bruder mein, gebenedeiter, mußtest du denn ausgerechnet da, wo das Feuer brennt, reintappen?«
»Was wollen Sie da machen? So ist er eben. Aber Sie wissen sehr gut, daß Commendatore Longhitano jemand ist, mit dem man nicht scherzen darf. Er will, daß sein Bruder Nino honoriert wird. Ich habe von Sasà nur seine alte Adresse in Palermo, die an der Piazza Dante,

die neue hat er mir noch nicht schreiben können. Wenn ich warte, bis er sie mir schreibt, kann es womöglich zu spät sein.«

»Heilige Madonna! Zu spät wofür?«

»Für das, was Sie ganz richtig verstanden haben. Commendatore Longhitano läßt Sasà nicht nur das Fell über die Ohren ziehen, sondern ihm das Laster womöglich ein für allemal austreiben! Es ist an Ihnen, verehrter Signor Giacomino La Ferlita, ob Sie das Leben Ihres Bruders auf dem Gewissen haben wollen oder nicht.«

»Gut, dann schreib ich ihm gleich heute noch.«

»Was wollen Sie?«

»Ihm schreiben.«

»Was geht eigentlich in Ihrem Kopf vor? Sie greifen zum Federhalter und schreiben! Zunächst mal wissen wir doch gar nicht, wann der Brief ihn erreicht, stimmt's? Ist doch gut möglich, daß der Brief von Vigàta nach Palermo eine Woche braucht. Und dann ist es zu spät. Und danach, wenn die Fakten Fakten sind und die Carabinieri zur Tatortbesichtigung kommen, entdecken sie Ihre wunderschöne Warnung. Dann können Sie sich Ihre Karriere in der Präfektur in die Haare schmieren. Sobald Sie sich aber entscheiden, mir zu sagen, wo zum Teufel Sasà sich aufhält, nehm ich den Zug und besuch ihn. Begreifen Sie doch, Signor La Ferlita: Ich selber setze meine Existenz aufs Spiel, um Sasà zu helfen. Geben Sie sich einen Ruck!«

»Na, gut. Mein Bruder Rosario wohnt im Corso Tukory, auch in Palermo. Nummer fünfzehn, bei Familie Bordone.«

»Das hat aber lange gebraucht! Wo zum Teufel geht es raus aus diesem Scheißlabyrinth?«

B (*Polizeipräsident – Commendatore Parrinello*)

»Ich danke Ihnen, lieber Commendatore Parrinello, daß Sie meiner Bitte zu kommen so schnell entsprochen haben.«
»Dazu bin ich doch da, Herr Polizeipräsident.«
»Ich komme gleich auf den Punkt. Ich verhehle Ihnen nicht, wie sehr der Brief Seiner Exzellenz, des Präfekten Marascianno, mich aufgeregt hat. Hier, schauen Sie ihn sich selbst an.«
»Ich kenne ihn bereits. Der Präfekt hat die Güte, mir alles zu lesen zu geben, was er schreibt. Sogar seine Gedichte.«
»O Gott, er schreibt Verse?«
»Jawohl. Für seine gottselige Gattin.«
»Die erste.«
»Was für eine erste, mit Verlaub?«
»Seine erste Gattin, natürlich. Die, die gestorben ist. Die zweite ist doch mit irgend einem durchgebrannt.«
»Verzeihen Sie mir, Herr Polizeipräsident, ich verstehe nicht ganz. Soweit ich weiß, ist Seine Exzellenz nur ein einziges Mal verheiratet gewesen. Dann wurde er Witwer.«
»Aber wenn er es mir doch selbst geschrieben hat! Haben Sie diesen verdammten Brief nun gelesen oder nicht?«
»Geben Sie ihn mir kurz her. Nein, diesen Brief hat er mir nicht gezeigt. Es ist eindeutig klar, daß er einen Brief geschrieben und einen anderen abgeschickt hat.«
»Wollen wir nicht erst mal ein bißchen Klarheit schaffen? Ihrer Meinung nach ist die Geschichte mit seiner zweiten, der treulosen Gattin also völlig frei erfunden?«
»Ich würde sagen, ja. Jedenfalls hat er mir immer gesagt, er sei Witwer, und Punkt und Schluß.«

»Hören Sie, kümmern wir uns nicht weiter um diese Angelegenheit. Ich werde Nachforschungen anstellen lassen, dann wird sich die Sache klären. Allerdings gießt diese Phantasterei mit der hypothetischen treulosen Gattin nur noch weiteres Öl ins Feuer.«

»Tja.«

»Und im Büro, wie benimmt er sich da?«

»Was soll ich sagen? Zwei, drei Tage ist er ruhig, dann, urplötzlich, rastet er aus.«

»Wie bitte?«

»Er explodiert, redet wirres Zeug, im wahrsten Sinn. Manchmal drückt er sich mir gegenüber mit Fratzen aus, dabei fällt kein einziges Wort.«

»Sie meinen, er macht sich durch Grimassenschneiden verständlich?«

»Nein, Herr Polizeipräsident, unter Fratze verstehen wir hier, wie soll ich sagen, die Kabbala. Und um ihn zu verstehen, behelfe ich mir dann mit einem wertvollen Büchlein des Cavaliere De Cristallinis, das vor rund zwanzig Jahren in Neapel veröffentlicht worden ist. Einer Fratze eben.«

»O mein Gott. Sagen Sie mir, hatten die Postulanten, ich meine die, die mit dem Präfekten sprechen, Gelegenheit, etwas zu erahnen?«

»Der eine oder andere leider ja, obwohl ich nach besten Kräften versuche, ihm den Rücken freizuhalten. Wenn ich merke, daß es an einem bestimmten Tag schwierig werden kann, erfinde ich Entschuldigungen und sage Verabredungen ab. Aber das klappt nicht immer. So ist es mir zum Beispiel nicht möglich gewesen, das Gespräch mit dem Generale Dante Livio Bouchet und dem Grande Ufficiale Pipìa, Präsident unseres Gerichtes, zu verhindern.«

»Mithin haben diese Herren mit Sicherheit bemerkt, daß... Sie meinen nicht?«

»Nein. Sehen Sie, was den Präsidenten Pipìa angeht,

braucht man sich wirklich keine Sorgen zu machen. Denn als der Präsident und Seine Exzellenz zusammengekommen sind, war es vier Uhr nachmittags.«

»Na und?«

»Kennen Sie den Präsidenten Pipìa?«

»Ich bin ihm zweimal begegnet.«

»Um wieviel Uhr, verzeihen Sie?«

»Lassen Sie mich nachdenken. Beide Male vormittags. Aber wieso ist die Uhrzeit denn so wichtig?«

»Sie ist wichtig. Präsident Pipìa leert zum Mittagessen eine ganze Ballonflasche Wein. Hab ich Ihnen eine verständliche Beschreibung der Lage gegeben?«

»Überhaupt keine.«

»Er trinkt zuviel, der Herr Präsident. Er hebt gern einen, wie man das in seiner Gegend nennt.«

»Ein Glück, daß die Prozesse morgens stattfinden.«

»Nicht immer. Im vergangenen Jahr war einer unmittelbar nach dem Mittagessen angesetzt, und er wollte jemanden, der drei Kartoffeln gestohlen hatte, und ich meine wirklich drei, zu dreihundert Jahren Zuchthaus verurteilen. Hundert für jede Kartoffel.«

»Und wie ist es ausgegangen?«

»Unter Gelächter, Herr Polizeipräsident. Alle, Staatsanwalt und Advokaten, haben so getan, als habe der Präsident einen Witz machen wollen.«

»Also, bliebe nur noch General Bouchet.«

»Kennen Sie ihn?«

»Ich bin ihm im vergangenen Jahr bei der Militärparade vorgestellt worden. Wir haben gerade mal ein paar Worte gewechselt.«

»Mit Verlaub, aber das ist unmöglich. Sie werden gesprochen haben, und der General hat sich darauf beschränkt, irgend etwas zu knurren. Der General redet nicht, er knurrt, ja, er murrt, wie man hier sagt. Und wissen Sie, warum er das tut?«

»Ich habe nicht den blassesten Schimmer.«

»Weil er stocktaub ist. Wenn er nicht antwortet, ist er geschützt. Einmal fragte der General Seine Exzellenz: ›Wie ist die Lage in der Provinz?‹ Da sagte der Präfekt, weil es gerade mal wieder einer seiner Tage war: ›43‹, was bedeutet: angespannt, nervös. Der General hatte wohl verstanden ›heiß und herzlich‹ oder so was in der Art und strich sich zufrieden über den Schnauzbart.«

»Was machen wir, Commendatore?«

»Ich kann nur meine Arme zum Himmel strecken.«

»Und ich kann nicht einmal das, weil mir die Arme herunterfallen. Machen wir es doch so: Überdenken wir die Sache ein paar Tage, dann treffen wir eine Entscheidung. Doch in der Zwischenzeit müssen wir unbedingt enge Verbindung halten.«

»Zu Ihren Diensten, Herr Polizeipräsident.«

C

(Don Nenè – Caluzzè)

»Eurexellenz, Gott segne Euch, Don Nenè.«
»Unseren Gruß, Caluzzè.«
»Eurexellenz wollen mir gütig verzeihen, wenn ich Euch an Eurem Schreibtisch störe, wo Eurexellenz doch sicher zu tun haben.«
»In diesem Augenblick hab ich nichts zu tun, Caluzzè. Gibt's was?«
»Jaje.«
»Ahje! Was für eine neue Schmierenwichserei hat er wieder auf dem Gewissen, mein Tochtermann Pippo?«
»Nichtsnicht. Don Pippo Genuardi hat sich in letzter Zeit auf keine Schmierenwichserei mehr eingelassen. Aber weil Eurexellenz von mir über alles und jedes informiert wollen werden, was im Lager von Don Pippo, Eurem Tochtermann, vor sich geht, muß ich Euch zur Kenntnis bringen, daß er einen Brief von der Präfektur in Montelusa erhalten hat.«
»Hast du ihn lesen können?«
»Jaje, Eurexellenz. Weil doch Don Pippo nach Fela mußte, hatte ich alle notwendige Zeit, um ihn zu lesen. Fast eine Woche hab ich dafür gebraucht.«
»Was stand in dem Briefe?«
»Der Brief sagte, daß Euer Tochtermann, Don Filippo, statt sich an die Präfektur zu wenden, an die Post- und Telegraphenverwaltung schreiben muß. Er hat sich geirrt, mit einem Wort.«
»Und was zum Teufel will er von der Post- und Telegraphenverwaltung?«
»Die Bewilligkeit für einen Telephonanschluß.«
»Bist du sicher, daß du richtig gelesen hast?«
»Dafür leg ich meine Hand ins Feuer.«

»Was will Pippo denn mit einem Telephon? Mit wem will er denn sprechen, dieser ausgekochte Hurenbock?«
»Im Briefe stand davon nichtsnicht.«
»Hier müssen wir auf der Hut sein, sehr auf der Hut sein. Behalt ihn weiterhin im Auge, Caluzzè, laß nicht locker. Berichte mir alles, jede Kleinigkeit.«
»Eurexellenz können ganz ruhig sein.«
»Da, Caluzzè, nimm.«
»Aber warum wollen Eurexellenz sich nur so viele Umstände machen?«
»Nimm schon, Caluzzè. Und wie gesagt: Augen auf.«

D

(Pippo – Taninè)

»Taninè, wir müssen reden.«
»Iß erst, Pippo, dann reden wir. Hier, schau, ich hab dir Fisch gemacht, den magst du doch so gern. Stockfisch nach Feinschmeckerart und in Essig gedämpfte Köhlchen.«
»Taninè, du mußt mir verzeihen, aber ich kann nichts essen. Die Kehle ist wie zugeschnürt, das Essen geht einfach nicht runter.«
»Was ist denn nur? Hast du im Luftzug gestanden? Bekommst du eine Erkältung? O Pippù, mach mir keine Angst!«
»Es ist keine Körperkrankheit, es sitzt im Gemüt. Hör zu, ich leg mich hin, das ist besser.«
»Ganz sicher willst du nichts essen?«
»Neiiin! Muß ich's dir erst vorsingen?«
»Na, gut. Wenn du mit mir reden mußt, red.«
»Taninè, ich brauche Hilfe.«
»Ich bin doch da.«
»Du mußt mit deinem Vater reden, mit Don Nenè.«
»Und was soll ich ihm sagen?«
»Daß wir seine Hilfe brauchen.«
»Oh nein, Pippù, über Geld rede ich mit meinem Vater nicht. Der Allmächtige allein weiß, was es mich gekostet hat, ihn um das Geld für das motorisierte Vierrad zu bitten, als du dir die Flause in den Kopf gesetzt hattest, das Ding zu kaufen! Weißt du, was Papa mir gesagt hat, als er mir das Geld gab? ›Das ist das letzte Mal, sag das diesem ehrlosen Herumlungerer von Pippo, deinem Mann.‹ Genau das hat er gesagt.«
»Ehrlos? Herumlungerer? Und das, wo ich mir von morgens bis abends den Arsch aufreiße in diesem Saustall

von Holzlager! Saustall, jawohl! Wenn du das Lager der Brüder Tanterra in Fela hättest sehen können! Das, ja, das ist ein Lager! Drei Angestellte und fünf Gehilfen! Und Holz, das aus Kanada kommt und aus Schweden! Dagegen muß ich mich mit vier Brettern aus den Bergen der Madonìe zufriedengeben und mit einem absolut beschissenen Lagergehilfen wie Caluzzè, der Schrumpelfeige! Ich ersticke ganz einfach! Ich muß mich vergrößern! Ich muß mich ausdehnen! Deshalb mußt du mit deinem Vater reden!«

»Fängst du schon wieder an! Nein und nochmals nein, ich rede nicht mit ihm! Weißt du, was er mir antwortet? ›Wenn Pippo Geld braucht, dann soll er das motorisierte Vierrad nehmen und verkaufen. Einen anderen Scheißkerl, der's ihm abkauft, findet er allemal.‹«

»Ja, seid ihr denn völlig verrückt geworden, du und dein Vater? Das Vierrad stellt was dar, verleiht Prestige! Weißt du, was in Fela passiert ist, als ich mit dem Automobil da ankam? Der Teufel war los! Die waren völlig aus dem Häuschen! Alle sind sie gekommen, um mich anzugaffen! Sogar die Brüder Tanterra sind mit offenem Maul aus dem Lager gekommen! Wenn ich geh und es verkaufe, sagen doch alle, daß ich vor dem Bankrott stehe, daß mir das Wasser bis zum Hals reicht.«

»Kannst du dir das Geld denn nicht von der Bank leihen?«

»Das hab ich ja, aber jetzt will sie es zurück. Reden wir nicht weiter drüber, Taninè. Ich geh und leg mich ein bißchen hin und hoffe, daß ich schlafen kann. Wie steht's mit dir, kommst du?«

»Ich räum nur noch den Tisch ab, wasch mich, sprech die Gebete, dann komm ich. Wart auf mich, bleib wach.«

...

»O Gott o Gott Gott mein Gott Gott ist das gut ist das gut o Gott o Gott nochmal nochmal und nochmal o Gott genau so genau so genau so ja ja ja jaaa ich sterbe ich sterbe ich bin schon ganz tot und tot mach ich noch weiter Pippù mach weiter Pippù o Gott o Gott was machst du da was machst du denn da warum hörst du auf?«

»Ich hab keine Lust mehr, ich bin müde.«

»Was machst du denn da, holst du ihn etwa raus? Holst du ihn wirklich raus? Nein nein nein um Gottes willen steck ihn wieder rein steck ihn wieder rein Pippù so ja so o Gott mein Gott genau so ganz rein ganz rein und nochmal und nochmal o Gott mein Gott…«

»Redest du mit deinem Vater, du alte Sau?«

»Ja ja ja ja ich red mit ihm sag mir nur nochmal du alte Sau.«

E *(Pippo – Commendatore Longhitano)*

»Pippo Genuardi! Erlauben Sie, auf ein Wort?«
»Commendatore Longhitano! Was für ein glücklicher Zufall! Genau zu Ihnen wollte ich eben.«
»Und ich wollte eben zu Ihnen. Damit steht es unentschieden zwischen Ihnen und mir.«
»Sie sind gut aufgelegt, Commendatore! Nie und nimmer werde ich je in der Lage sein, ein Unentschieden mit Ihnen zu erreichen, Sie sind immer der Überlegene, ich bin im Vergleich dazu nur eine winzige Ameise.«
»Sprech ich zuerst oder Sie?«
»Sie, Commendatore. Mit der schuldigen Hochachtung.«
»Nun denn. Die Information, die Sie mir neulich abends im Club freundlicherweise geneigt waren zu geben, hat sich als richtig herausgestellt. Ich schickte gleich zwei Freunde nach Palermo, zur Adresse an der Piazza Dante. Doch sie kamen zu spät, sie trafen ihn nicht mehr an, er hatte die Wohnung gewechselt, wie Sie es mir im übrigen ja auch schon durch Ihren Brief aus Fela mitgeteilt hatten. Keiner der Nachbarn konnte meinen Freunden sagen, wohin der Signor Buchhalter, diese miese Ratte, sich verkrochen hatte. Geduld. Trotzdem will ich Ihnen danken... Apropos, hat die Präfektur Ihnen geantwortet?«
»Ja, Commendatore.«
»Und warum lachen Sie dann so genüßlich? Würden Sie mir das liebenswürdigerweise erklären? Wenn jemand mir ins Gesicht lacht, und ich mir den Grund dafür nicht erklären kann, werde ich ziemlich nervös.«
»Wollen Sie mir gütigst vergeben, Commendatore, ich bitte Sie um Verzeihung.«
»Ich will Sie davon in Kenntnis setzen, daß die Tatsache,

daß meine Freunde unseren Buchhalter nicht angetroffen haben, nicht bedeutet, daß das Spiel zu Ende ist. Denn, sehen Sie, keiner darf sich einen dummen Scherz mit mir erlauben, keiner darf mich an der Nase herumführen. Und die Nase meines Bruders Nino, der ein gutmütiger und liebenswerter Mensch ist, ist wie meine eigene. Habe ich mich deutlich genug ausgedrückt?«

»Vollkommen.«

»Es geht nicht um die elendigen zweitausend Lire, um die Sasà La Ferlita meinen Bruder geprellt hat, sondern um das Beispiel. Verstehen Sie mich?«

»Im Fluge.«

»Gut so. Folglich ist es Ihre Pflicht, wenn Sie zufällig erfahren sollten, wohin dieser verdammte Hurensohn umgezogen ist, mich entsprechend zu informieren.«

»Commendatore, Sie wollen mich grundlos beleidigen. Ich kenne meine Pflicht, ohne daß Sie mich an sie gemahnen müssen. Erinnern Sie sich, daß ich eben gelacht habe? Ich habe gelacht, weil Sie mich nicht nach dem Grund gefragt haben, warum ich Sie besuchen wollte.«

»Und was ist der Grund? Erklären Sie sich genauer.«

»Da gibt es so gut wie nichts zu erklären. Signor Buchhalter Rosario La Ferlita. Bei Familie Bordone. Corso Tukory. Fünfzehn. Palermo.«

»Sind Sie sich da ganz sicher?«

»Wie das Evangelium.«

»Dann passen Sie auf: Wir beide haben uns nicht gesehen und haben nicht miteinander gesprochen. In Ihrem eigenen Interesse. Bei nächster Gelegenheit werde ich's Ihnen vergelten.«

»Commendatore, verzeihen Sie mir, wenn ich Sie danach frage. Aber kennen Sie jemanden in Palermo, der bei der Post- und Telegraphenverwaltung arbeitet? Es ist nämlich so, vor etwa zehn Tagen habe ich einen Antrag weggeschickt…«

Geschriebenes zwei

POLIZEIDIENSTSTELLE VON VIGÀTA

An den
Herrn Polizeipräsidenten
von
Montelusa

Vigàta, am 25. Oktober 1891

Betreff: Spitznamen

Bezüglich des Berichtes, den Sie über den Genuardi Filippo aus Vigàta von mir angefordert haben und der Ihnen postwendend zugesandt wurde, machen Sie mich darauf aufmerksam, daß ich mich wohl gerne mit Überflüssigem beschäftige. Und Sie verweisen dabei auf die jeweils genaue Übertragung eines jeden von mir zitierten Namens. Dafür bitte ich Sie um Nachsicht und versichere Ihnen, daß ich mich von nun an streng an Ihre Anweisungen halten werde.

Allerdings drängt es mich, Ihnen den Sinn für mein Thun zu erläutern.

Der größte Theil der beim Einwohnermeldeamt mit ihrem Tauf- und Familiennamen rechtmäßig eingetragenen Sizilianer werden in Wirklichkeit von Geburt an mit einem anderen Namen gerufen.

So wird, beispielsweise, ein Filippo Nuara von allen, angefangen bei den Eltern und Verwandten, Nicola Nuara genannt. Aus diesem herkömmlichen Namen wiederum wird die Verkleinerungsform Cola Nuara abgeleitet.

Von da an beginnen zwei unterschiedliche Personen zu koexistieren. Die eine, Filippo Nuara, lebt ausschließlich auf offiziellen Dokumenten; die andere, Cola Nuara, führt demgegenüber eine absolut reale Existenz. Gemeinsam ist den beiden lediglich der Familienname.

Cola Nuara wird jedoch schon bald mit dem versehen, was Sie als Spitznamen bezeichnen, wir aber Injuria nennen, ohne daß wir darin etwas Abfälliges oder Beleidigendes erblicken. Wenn, nehmen wir an, unser Cola Nuara leicht humpelt, so wird er mit Sicherheit »Cola der Hinkefuß« oder »Cola Tacktack« oder auch »Cola Meer voraus« und so weiter genannt, eben so, wie es der Phantasie gerade einkommt.

An diesem Punkt nun wird ein Gerichtsdiener des Gerichtes von Montelusa, der das nicht weiß, große Schwierigkeiten haben, »Cola Nuara den Hinkefuß« mit Filippo Nuara in Verbindung zu bringen, wenn er ihm einen Bescheid zustellen soll.

Mir sind an die zehn Leute bekannt, die in Abwesenheit verurtheilt wurden, jedoch gar nicht abwesend waren: lediglich ihre Identifikation war schwierig, wenn nicht gar unmöglich.

So erfuhr der Schullehrer Pasqualino Zorbo erst auf dem Sterbebette (im Alter von dreiundneunzig Jahren) zu seinem allergrößten Erstaunen, daß er eigentlich Annibale hieß.

Mein Kollege Antonino Cutrera, dessen wir uns alle wegen seiner scharfen Intelligenz rühmen und den ich die Ehre habe, meinen Freund zu nennen, wagte eines Tages, als wir miteinander darüber sprachen, eine Erklärung für einen so weit verbreiteten Brauch auf unserer Insel.

Die Verwendung eines anderen als des geburtsregisterlich korrekten Namens mit der Anfügung eines Spitznamens (Injuria), der nur innerhalb der Grenzen einer lokalen Gemeinschaft bekannt ist, folgt zwei gegensätzlichen Bedürfnissen.

Das erste besteht in der Verschleierung für den Fall einer Gefahr: ein doppelter (oder dreifacher) Name begünstigt die Verwechslung von Personen, man stiftet Verwirrung, die dem zugute kommt, der Objekt einer wie auch immer gearteten Nachforschung ist. Das zweite Bedürfnis besteht demgegenüber darin, sich nothfalls genau zu erkennen zu geben, um die Verwechslung zu verhindern.

Ich bitte um Entschuldigung dafür, daß ich mich nun doch so ausführlich geäußert habe.

Immer zu Ihren Diensten

Der Leiter der Polizeidienststelle von Vigàta
(*Antonio Spinoso*)

KOMMANDO DER KÖNIGLICHEN CARABINIERI VON VIGÀTA

An Seine Exzellenz
den Präfekten
von Montelusa

Vigàta, am 2. November 1891

Betreff: Genuardi Filippo

Ihrer Bitte folgend, beehrt sich das Kommando der Kgl. Carabinieri in Vigàta, folgendes hinsichtlich des im Betreff Genannten mitzuteilen:

Genuardi Filippo, Sohn des verschiedenen Giacomo und der ebenfalls verschiedenen Posacane Edelmira, geboren in Vigàta am 3. September 1860 und daselbst wohnhaft in der Via Cavour 20, von Beruf Holzhändler, gilt in jeder Hinsicht als *nicht vorbestraft.*

Gleichwohl wird darauf hingewiesen, daß der Genuardi seit langem unter aufmerksamer Beobachtung dieses Kommandos steht.

Nach Jahren eines ungeregelten und ausschweifenden Lebens ist der Genuardi, nach allgemeiner Ansicht, in sich gegangen und führt ein geregeltes Leben, das keinen Anlaß für Skandale oder Gerüchte liefert.

Allerdings hegt dieses Kommando den Verdacht, daß dieses In-sich-gehen lediglich dem Augenschein nach stattgefunden hat, mit dem Ziele, unterirdische Winkelzüge zu kaschieren.

Genuardi nämlich ist ein Mann von maßlosem Ehrgeize, zu allem bereit, wenn er damit nur seine Ziele erreicht. Außerdem liebt er es, sich hervorzuthun. Ein Beweis dafür ist u.a. die Thatsache, daß er sich ein sündhaft teures, von einem Motor angetriebenes Vierrad aus Frankreich hat kommen lassen, das die Firma Panhard-Levassor, Herstellerin desselben, »Phaeton« genannt hat. Das nämliche Vierrad hat eine Leistung von 2 DPS (Dampfpferdestärken); Riemenantrieb; Acetylenlampen. Sein benzingetriebener Motor kann eine Geschwindigkeit von 30 Kilometern in der Stunde erreichen.

Wie diesem Kommando bekannt ist, gibt es nur drei Gefährte dieser Art in ganz Italien.

Nicht genug damit, hat sich der Genuardi ebenfalls aus Frankreich eine sprechende und singende Maschine kommen lassen, die, auf französisch, »Phonograph Edison« heißt.

Der Genuardi braucht mithin für seinen Lebensstil sehr viel Geld, das der Handel mit Holz ganz sicher nicht abwirft. Dieses verschafft er sich, allerdings nur zum Theil, indem er sich des öfteren an die Großherzigkeit seines Schwiegervaters, Emanuele Schilirò, wendet, eines reichen und angesehenen Geschäftsmannes.

Abgesehen von den o.g. Gründen, hat dieses Kommando wesentlich gewichtigeren Anlaß, die Beobachtung der im Betreff genannten Person fortzusetzen.

Es gilt nämlich als unbestreitbar, daß er in seiner Wohnung in der Via Cavour 20 schon zweimal (und zwar am 20. Januar und 14. März des laufenden Jahres) Zusammenkünfte mit den bekannten politischen Agitatoren und Aufwieglern Rosario Garibaldi Bosco, Sizilianer, von Beruf Buchhalter, Carlo Dell'Avalle und Alfredo Casati, die beiden letzteren aus Mailand, von Beruf Arbeiter, gehabt hat.

Dieses Kommando hielt es seinerzeit nicht für angebracht, die Verhaftung durchzuführen, da es an genauen diesbezüglichen Vorschriften fehlte.

Hochachtungsvoll
ergebenst

Der Kommandant des Kommandos der Kgl. Carabinieri
(*Tenente Gesualdo Lanza-Turò*)

MINISTERIUM FÜR DAS POST- UND TELEGRAPHENWESEN
Regionalverwaltung – Via Ruggero Settimo 32 – Palermo

An den
Geehrten Herrn
Filippo Genuardi
Via Cavour Nr. 20
Vigàta

Palermo, am 2. November 1891

Geehrter Herr Genuardi,
Ihr Name ist mir von dem theueren Freunde Advokat Orazio Rusotto genannt worden, der seinerseits Beziehungen zu Commendatore Calogero Longhitano in Vigàta unterhält, Beziehungen, die man, würde man sie brüderlich nennen, nur unzureichend beschriebe.

Indessen beeile ich mich, Ihnen das Nachfolgende mitzutheilen.

Das Verfahren für die regierungsseitliche Genehmigung eines Telephonanschlusses zum privaten Gebrauche, das heißt: zu nicht kommerziellem Gebrauche, ist im allgemeinen langwierig und aufwendig, da eine ganze Reihe von Vorabinformationen und Erhebungen notwendig sind.

Nachdem diese unerläßlichen Ergebnisse zusammengetragen worden sind, kann man den weiteren Gang der Dinge in die Wege leiten, dies jedoch nur, sofern kein abschlägiger Bescheid vorliegt. Im Rahmen der mir in meiner Eigenschaft als Direktor dieser Behörde übertragenen Ermessensmöglichkeiten werde ich versuchen, das Verfahren abzukürzen.

Einstweilen müssen Sie – auf Papier mit Steuermarke –

die folgenden Bescheinigungen einholen (ich weise Sie darauf hin, daß das Fehlen einer einzigen derselben jedes in Gang gesetzte Verfahren aufhebt):

1. Geburtsurkunde
2. Familienstandsbescheinigung
3. Auszug aus dem Strafregister
4. Erklärung der Steuereinnahmestelle Ihrer Gemeinde (oder des Finanzamtes von Montelusa), aus welcher hervorgeht, daß Sie regelmäßig Ihre Steuern bezahlt haben
5. Leumundszeugnis durch die örtliche Polizeidienststelle
6. Italienischer Staatsangehörigkeits-Nachweis
7. Vom Kommandanten des Militärdistriktes beglaubigte Abschrift des Matrikelblattes, aus welchem Ihre Stellung hinsichtlich Ihrer Militärpflicht hervorgeht
8. Schriftliche Bescheinigung des Katasteramtes, welche bestätigt, daß die Wohnung (oder das Bureau), in welcher (oder welchem) Sie das Telephon anzuschließen beabsichtigen, Ihr persönliches Eigentum ist

   oder, sofern ein Mietverhältnis besteht:

   Beglaubigte Erklärung des Vermieters, aus welcher hervorgeht, daß die Wohnung (oder das Geschäft oder das Bureau) für eine Laufzeit von nicht unter fünf (5) Jahren an Sie vermietet wurde
9. Annahmeerklärung (mit notariell beglaubigter Unterschrift) seitens dessen (oder deren), in dessen (oder deren) Wohnung (oder Geschäft oder Bureau) der Empfangsapparat installiert werden soll

Diese Behörde liefert Telephonapparate der Firma Ader-Bell; die Apparate für den privaten Gebrauch verfügen über keine Umschaltvorrichtung, will sagen, daß der Empfänger- (und seinerseits Sender-)apparat nur mittels eines Anrufs des Sender- (und seinerseits Empfänger-)apparates aktiviert werden kann. Mithin sind Anrufe auf anderen Telephonleitungen nicht möglich.

Die Geräteanlage erfordert einen freien Wandraum von mindestens 1,50 Meter Breite und 2,30 Metern Höhe und funktioniert mittels zweier Batterien. Die eine dient zur Aktivierung des Schaltkreises, welcher nothwendig ist, um die Klingel zum Klingeln zu bringen; die andere dient zur Speisung des in dem Apparat fließenden Stromes vom Sender zum Empfänger.

Sofern das Ergebnis nach unseren Vergewisserungen zu einer positiven Entscheidung führen sollte, müssen Sie, nach Erfüllung einiger anderer Auflagen, über die ich Sie zu gegebener Zeit und an gegebenem Orte in Kenntnis setzen werde, einen Antrag an S.E. den Herrn Minister richten.

Sobald wir die erforderlichen Unterlagen erhalten haben, wird einer unserer Landvermesser nach Vigàta kommen, um die üblichen Schätzungen und Vermessungen durchzuführen. Die Reise, Verpflegung und Unterbringung unseres Landvermessers gehen samt und sonders zu Ihren Lasten. Derselbe ist aber angehalten, Ihnen eine offizielle Quittung auszustellen.

Ganz persönlich erlaube ich mir hinzuzufügen, wie sehr ich die Überzeugung hege, daß es unserem Landvermesser während seiner Dienstreise keineswegs schlecht ergehen wird: Wie mir berichtet wurde, müssen Sie in Vigàta Langusten haben, wie sie sonst nur auf der himmlischen Tafel unseres Herrgottes selbst zu finden sind!

Bitte, grüßen Sie mir sehr herzlich unseren Commendatore Longhitano.

Ergebenst Ihr

VERWALTUNG FÜR DAS POST- UND TELEGRAPHENWESEN

Der Direktor des Amtes von Palermo
(*Ignazio Caltabiano*)

(Vertraulich)

An den
Hohen Offizier
Arrigo Monterchi
Königlicher Polizeipräsident
Montelusa

Montelusa, am 5. November 1891

Hochwerthester Kollege und Freund!
Indem ich absolute Aufrichtigkeit zu meiner Lebensnorm gemacht habe, kann ich nicht umhin, Euch meine Überraschung und Beklemmung zum Ausdruck zu bringen, die mich beim Lesen der Abschrift der Euch vom Leiter der Polizeidienststelle in Vigàta zugesandten und mir von Euch liebenswürdigerweise weitergeleiteten Erklärung überkommt.

Ich bin ernsthaft der Meinung, daß eine Verschwörung gegen mich im Gange ist. Diese wird von dem bereits bekannten Genuardi Filippo gemeinschaftlich mit dem Dienststellenleiter Antonio Spinoso (ein Name, den ich mir von jetzt an gut einprägen werde) angezettelt.

Es fällt mir schwer, es zu sagen, aber in diese Verschwörung werdet auch Ihr verwickelt werden, sofern Ihr mit Eurer Autorität der Euch vorgelegten verlogenen Mittheilung Glauben schenkt und dieselbe bestätigt.

66 – 6 – 43!

Genau so ist die Lage!

Ich füge Ihnen in Abschrift den Bericht bei, den mir, ebenfalls aus Vigàta, der Kommandant des Kommandos der Kgl. Carabinieri, Tenente Gesualdo Lanza-Turò, hat zukommen lassen, ein Offizier von vorbildlicher Loyalität, Sproß einer aristokratischen Familie, die dem Vaterlande Märtyrer und Helden geschenkt hat.

Aus diesem Berichte der Carabinieri wird deutlich, was ich längst geahnt hatte, nämlich daß der Genuardi ein gefährliches Mitglied dieser Sekte von

gottlosen
vaterlandslosen
familienlosen
würdelosen
anstandslosen
ehrlosen
gewissenlosen
nichtskönnerischen

Gesellen ist, die sich dem Atheismus und dem Materialismus verschrieben haben.

Es gilt daher, daß man ein Auge auf sein zukünftiges Verhalten haben muß.

56 – 50 – 43!

Vittorio Marascianno
Präfekt von Montelusa

Montelusa, am 5. November 1891

Theuerster Commendatore Parrinello,
auf dem Wege einer überaus vertrauenswürdigen Person lasse ich Ihnen diese kurze Mittheilung zukommen.

Heute morgen habe ich einen schlicht und einfach als verrückt zu bezeichnenden Brief erhalten, in welchem der Bewußte, Sie wissen schon, es sogar wagt, dunkle Drohungen hinsichtlich meiner Person auszusprechen.

Würden Sie wohl das gewisse Buch zu Rathe ziehen, von dem Sie mir erzählt haben, und mir die Bedeutung dieser beiden Zahlengruppen erläutern?

66/6/43

56/50/43

Antworten Sie mir auf dieser Mitteilung. Je weniger Papier wir herumreichen, um so besser ist es. Wollen wir uns übermorgen sehen?
Ich danke Ihnen. Ihr

Arrigo Monterchi

Hochzuverehrender Herr Polizeipräsident,
ich beeile mich, Ihnen die Bedeutung der Zahlen zu enthüllen

Erste Gruppe:
66 = Verschwörung
6 = geheim
43 = Sozialist

Zweite Gruppe:
56 = Krieg
50 = feindlich
43 = Sozialist

Zu Ihrer Verfügung für übermorgen.
Ihr

Corrado Parrinello

An den
Hochverehrten Dottore
Ignazio Caltabiano
Direktor der Post- und Telegraphenverwaltung
Via Ruggero Settimo 32
Palermo

Vigàta, am 6. November 1891

Hochverehrter Herr Direktor,
ich nehme die Gelegenheit einer Reise eines Freundes nach Palermo wahr, um Ihnen diese kleine Aufmerksamkeit zukommen zu lassen. Bitte, mißverstehen Sie diese nicht, sie soll Sie lediglich in die gleiche Lage versetzen wie den Landvermesser, der hierher kommen wird. In die gleiche Lage, versteht sich, nur hinsichtlich der allerfrischesten Langusten, die Sie, so hoffe ich, auf mein Wohl genießen werden.

Zutiefst dankbar für die Freundlichkeit und Eilfertigkeit, die Sie mir gegenüber bewiesen haben, wollen Sie bitte meine gebührende Hochachtung entgegennehmen.

Sobald ich den Commendatore Longhitano sehe, werde ich ihm Ihre Grüße ausrichten. Danken Sie bitte meinerseits Advokat Rusotto, den zu kennen ich leider nicht das Vergnügen habe, für seine freundliche Verwendung.

Ihr

Filippo Genuardi

KÖNIGLICHE PRÄFEKTUR VON MONTELUSA
DER PRÄFEKT

An den
Hochwerthesten Cavaliere
Artidoro Conigliaro
Unterpräfekt von
Bivona

Montelusa, am 6. November 1891

Hochwerthester Cavaliere,
ich habe Kenntnis von einer breit angelegten und weit verzweigten Verschwörung erhalten, welche, höchste Repräsentanten des Staates in dieser Provinz einbeziehend, die Existenz des Vaterlandes selbst in Gefahr bringt!

Wie Sie sehr wohl wissen, hat alles vor ungefähr zwanzig Jahren mit der unseligen, von Franchetti und Sonnino auf Sizilien angeregten Ermittlung begonnen, eine Ermittlung, welche der aufgeklärte Geist Rosario Conti als »ein fürchterliches Attentat auf die Einheit und Unabhängigkeit Italiens« definiert hat und welche die palermitanische Tageszeitung »Il Precursore« sich nicht scheute, als »höchst gefährliches Werk« zu brandmarken, »weil sie die soziale Frage in den Vordergrund gestellt und damit den Bürgerkrieg und den sozialen Krieg geschürt hat«.

Seit damals kommen diese beiden Kriege mit großen Schritten erbarmungslos auf uns zu. Wir sitzen auf einem Pulverfaß, theurer, hochverehrter Freund! Aber zurück zur Verschwörung. Mir ist die Anwesenheit von

Anhängern der sozialistischen Sekte in unserer Provinz gemeldet worden, welche, mit geheimnisvollen Mixturen und übelriechenden Salben versehen, unsere arbeitsame Bevölkerung infizieren. Mit winzig kleinen und äußerst zerbrechlichen Ampullen ausgestattet, haben dieselben in Favara bereits eine starke und weit verbreitete Grippe ausgelöst, die durch Kopfschmerzen, Erbrechen und Durchfall noch verschlimmert wird.

Gestern erreichte mich das Gerücht, daß zwei dieser unseligen Gestalten, Experten in Chemie, getarnt in Bauerngewändern, sich auf Bivona zubewegen, um an der dortigen »Königlichen Chemisch-Landwirtschaftlichen Versuchsanstalt« thätig zu werden, und zwar mittels der Verbreitung von Keimen, die eine Mundschwamm-Epidemie auslösen können.

Ich mache Sie darauf aufmerksam, daß diese Keime überaus leicht erkennbar sind: sie sind von leuchtend roter Farbe, jeder von ihnen besitzt 2.402 Füßchen. Für ihre Vernichtung muß Sorge getragen werden, weil sie sich außerordentlich schnell vermehren.

In der Gewißheit, daß Sie sich der Gefahr bewußt sind und alle Maßnahmen für ein Einschreiten treffen, fordere ich Sie auf: gehen Sie ans Werk!

S. E. der Präfekt
(*Vittorio Marascianno*)

POLIZEIDIENSTSTELLE VON VIGÀTA

An den
Signor Polizeipräsidenten
von
Montelusa

Vigàta, am 7. November 1891

Unter Beifügung der Abschrift des vom Tenente der Kgl. Carabinieri Gesualdo Lanza-Turò an Seine Exzellenz den Präfekten von Montelusa gesandten Berichts fragen Sie mich, ob ich im Besitze von Erkenntnissen über die geheime Verbindung des Genuardi Filippo mit bekannten politischen Agitatoren sei und warum ich, sofern ich dies bejahen könne, es nicht für angebracht erachtet hätte, Ihnen diesen Umstand anzuzeigen. Ich war sehr wohl in Kenntnis darüber, daß die Aufrührer Rosario Garibaldi Bosco, Carlo Dell'Avalle und Alfredo Casati sich am 20. Januar und am 14. März diesen Jahres in eine Wohnung in der Via Cavour Nr. 20 in Vigàta begeben hatten.

Wie Sie sich gewiß erinnern werden, haben weder die zurückgetretene Regierung Crispi noch die derzeitige Regierung Di Rudinì jemals Vorschriften für die unverzügliche Festnahme politischer Agitatoren erlassen, die sich darauf beschränken, ihre Ansichten zum Ausdruck zu bringen. Sie sind, wie jeder andere Bürger auch, nur dann zu verfolgen, wenn sie Strafthaten begehen, die vom Strafgesetzbuche geahndet werden. Infolgedessen hat sich diese Dienststelle lediglich darauf beschränkt, die Bewegungen dieser drei Personen im Auge zu behalten und darüber dem seinerzeitigen Polizeipräsidenten, Commendatore Bàrberi-Squarotti, Bericht zu erstatten. Die Datumsangaben für die beiden Besuche der vorgenannten Revolutionäre in der Via Cavour Nr. 20 sind, wie von Tenente Lanza-Turò angegeben, völlig zutreffend.

Da es sich so verhält, muß allerdings auch gleich festgestellt werden, daß sowohl im Januar als auch im März der Genuardi Filippo noch nicht in die Via Cavour Nr. 20 umgezogen war, sondern vielmehr in der Via dell' Unità d'Italia Nr. 73 in einer Mietwohnung wohnte.

Thatsächlich war die Wohnung in der Via Cavour Nr. 20 bis zum 1. August diesen Jahres von der Mutter des Genuardi, Posacane Edelmira, verheiratete Genuardi, bewohnt worden.

Nach dem Tod dieser Frau hat sich der Sohn, mit absoluter Taktlosigkeit, gleich am Tage nach dem Begräbnis der Mutter, mit seiner Frau in der Wohnung eingenistet.

An diesem Punkte drängt es mich, Ihnen zur Kenntnis zu bringen, daß das Haus in der Via Cavour Nr. 20 aus zwei übereinanderliegenden Wohnungen besteht. Die im Erdgeschoß wird auch jetzt noch von Signora Verderame Antonietta bewohnt, die vor nunmehr dreiundneunzig Jahren in Catania geboren wurde. Die darüberliegende ist die derzeitige Wohnung des Genuardi Filippo. Signora Verderame Antonietta ist die Tante mütterlicherseits des Aufrührers Rosario Garibaldi Bosco, der ihr gegenüber zärtlichste Zuneigung empfindet. Da er sich an den Tagen des 20. Januars und des 14. März diesen Jahres in Vigàta befand, mochte er es sich nicht versagen, sie beide Male zu besuchen, doch erst, nachdem er in der hiesigen Pâtisserie Castiglione ein Dutzend mit Ricotta gefüllte Cannoli gekauft hatte, die Signora Verderame, trotz ihres ehrwürdig hohen Alters, ungeheuer gerne ißt. Der Genauigkeit halber füge ich hinzu, daß die Herren Dell'Avalle und Casati beim zweiten Besuch diese Wohnung nicht betreten haben, sondern sich damit begnügten, im Hauseingang auf ihren Gefährten zu warten (was wir aus den dort vorgefundenen Zigarrenstummeln schließen).

Daher muß ich hier noch einmal bekräftigen, was ich bereits in meinem ersten Bericht erklärt habe: Genuardi Filippo hat keinerlei politische Ansichten und noch viel weniger Kontakte zu jedweder Art von Intriganten.

Ihr allerergebenster

Der Polizeidienststellenleiter von Vigàta
(*Antonio Spinoso*)

Just in diesem Augenblick erfahre ich, daß der Genuardi Filippo auf ausdrücklichen Befehl S. E. des Präfekten durch Tenente Lanza-Turò inhaftiert worden ist.

Um Himmels willen, schreiten Sie ein!

Die Gründe für diese Inhaftierung scheinen politischer Natur zu sein. Wenn es so ist, handelt es sich um völlig aus der Luft gegriffene Anschuldigungen.

Gesagtes zwei

A

(Polizeipräsident – Präfekt)

»Ich sage es Euch jetzt zum tausendsten Mal: Es handelt sich um einen spektakulären Schnitzer, den Euer Panza-Burrò, oder wie zum Teufel der heißt, sich hier geleistet hat! Genuardi muß auf der Stelle enthaftet werden!«
»Ich verbiete Euch in aller Form, Herr Polizeipräsident, sich in dieser abfälligen Weise über den Sproß einer Familie von Heroen zu äußern!«
»Versteht doch, Exzellenz, daß es auch unter Heroen einmalige Schwachköpfe geben kann. Das ist ja auch nicht das Problem, das Problem ist, daß Genuardi freigelassen werden muß, bevor die öffentliche Ordnung durch diese ungerechtfertigte Verhaftung gestört wird.«
»Meine Aufgabe ist es immerhin, die öffentliche Ordnung zu gewährleisten! Nur daß ich weiter vorausschaue als Ihr. Ich sehe bereits, was in einigen Monaten geschehen wird, wenn man diese Schurken frei und ganz nach Herzenslust ihr Gift ausstreuen läßt! 12! 72! 49!«
»Erklärt das genauer.«
»12, Revolte! 72, Brände! 49, Morde!«
»Versteht doch, Herr Präfekt. Im Grundsatz habt Ihr ja recht. Doch wir, als Diener des Staates, können nicht nach eigenem Gutdünken handeln, wir müssen uns streng an die Vorschriften halten. Stimmen Sie mir darin zu?«
»Ja.«
»Bis heute ist an uns keine Vorschrift ergangen, die Aufrührer unverzüglich zu verhaften. Daher stellt Ihr Euch, eben weil Ihr willkürlich handelt, gegen den Staat, das heißt Ihr werdet automatisch zu jemandem, der den Aufrührern Vorschub leistet. Nein, unterbrecht mich nicht. Ich bin nicht Euer Feind, gerade deshalb bin ich ja hier, um Euch vor einem Fehltritt zu bewahren. Ihr seid be-

wundernswert vorausschauend, ein Adler wäre, im Vergleich zu Euch, kurzsichtig. Doch in diesem Augenblick ist Euer Blick durch Eure Wut ein kleines bißchen getrübt, eine Wut, die im übrigen verständlich ist, aber auch die Gefahr in sich birgt, in Frage zu stellen…«

»Danke. Danke. Danke. Wo hab ich nur mein Taschentuch hingesteckt?«

»Hier, nehmt meins. Nicht doch, Exzellenz, kommt, habt Mut, weint doch nicht.«

»Ach, ich fühle mich von Euch so verstanden… so begriffen… das rührt mich… Danke, großmütiges Herz!«

»Aber, Exzellenz, was tut Ihr denn da?«

»Erlaubt mir, daß ich Euere Hände küsse!«

»Exzellenz, das könnt Ihr in aller Ruhe tun, vielleicht morgen, mit Muße, bei Euch zu Hause. Aber jetzt müßt Ihr den Befehl für die sofortige Enthaftung nach Vigàta schicken.«

»Gebt mir vierundzwanzig Stunden Zeit, um noch einmal darüber nachzudenken.«

»Nein. Es muß jetzt sein.«

»Kann ich Ihnen denn vertrauen?«

»Ihr habt mein Wort. Hier, meine Hand. O Jesus! Hört doch auf, sie zu küssen. Macht schon! Ruft Eueren Kabinettschef und sagt ihm…«

»Noch drei Sekunden. Mir fällt nämlich gerade ein glänzender Ausweg ein. Ihr habt mir doch soeben berichtet, daß in dieser Wohnung in der Via Cavour 20 die Tante von Rosario Garibaldi Bosco wohnt, oder?«

»Ja, ein altes Mütterlein von dreiundneunzig Jahren.«

»Dann ist es ja gut, teurer Freund, Ihr habt mich überzeugt. Ich lasse Genuardi Filippo frei…«

»Gott sei's gedankt!«

»… und loche die Tante ein.«

B

(Commendatore Longhitano – Gegè)

»Küßdiehand, Don Lollò.«
»Grüß dich, Gegè.«
»Don Lollò, Pippo Genuardi ist verhaftet worden. Durch die Karrabinera.«
»Weiß man den Grund?«
»Er hat konspinniert.«
»Was hat er?«
»Er hat konspinniert, gegen den Staat.«
»Konspiriert? Pippo Genuardi? Wo Pippo Genuardi nicht mal weiß, was für ein Scheißhaufen der Staat überhaupt ist!«
»Und trotzdem heißt es, daß er sich mit Garibardi verbündet hat.«
»Mit Garibaldi? Aber der lebt doch schon seit zehn Jahren in Caprera als Kadaver!«
»Don Lollò, ich berichte ja nur.«
»Schon gut, Gegè, halt die Ohren auf und berichte mir immer wieder. Ist Calogerino schon von Palermo zurück?«
»Jaje. Grad eben. Er ist zu der Adresse in Corso Tukory gegangen, die Ihr ihm gegeben habt, doch diesen gehörnten Stinkstiefel von Sasà La Ferlita hat er nicht angetroffen. Die die Pension führen, haben ihm gesagt, daß Sasà ein paar Stunden, bevor Calogerino ankam, Waffen und Gepäck zusammengerafft hat und geflohen ist. Irgendeiner, meint Calogerino, muß ihn gewarnt haben.«
»Aha, das also meint Calogerino? Vielleicht hat er ja nicht unrecht. Hör zu, morgen, in aller Frühe, kommst du mit Calogerino hierher. Vielleicht gibt es ja eine Erklärung dafür, daß wir ihn nie zu fassen kriegen, diesen Sohn einer Hurensau von Sasà La Ferlita.«

C (*Polizeipräsident – Commendatore Parrinello*)

»Der wollte doch wirklich die Alte verhaften, wollte der! Den ganzen Nachmittag hab ich damit verbracht, ihm das auszureden. Aber so kann das nicht weitergehen, absolut nicht. Wir müssen die Initiative ergreifen. Es bricht mir das Herz, einem Ehrenmann wie dem Präfekten Marascianno die Karriere zu ruinieren, aber ich muß diese äußerst prekäre Lage meinen und Ihren Vorgesetzten melden. Die Gefahr besteht, daß er etwas nicht wieder Gutzumachendes anstellt. Sind Sie meiner Ansicht, Commendatore Parrinello?«

»Voll und ganz, Herr Polizeipräsident. Doch mein Rat, wenn Sie mich denn schon danach fragen, ist der, noch ein bißchen zu warten.«

»Nein, auf keinen Fall! Nach dem, was mit Genuardi passiert ist und mit der alten Dame hätte passieren können, ist Marascianno imstande, den Erstbesten verhaften zu lassen, nur weil der eine rote Krawatte trägt! Und dann werde ich am Ende noch mit hineingezogen. Nein, hier muß gleich etwas geschehen.«

»Herr Polizeipräsident, ich sagte warten, weil das Problem mit Sicherheit von anderen gelöst wird, und damit haben wir es nicht mehr auf dem Gewissen.«

»Von welchen anderen sprechen Sie?«

»Ich korrigiere mich: Es wird ein anderer sein, der die Angelegenheit zum Abschluß bringt.«

»Wer?«

»Cavaliere Artidoro Conigliaro.«

»Wer ist das denn?«

»Wie meinen Sie das, wer ist das denn? Der Unterpräfekt von Bivona, erinnern Sie sich denn nicht?«

»Ach, ja, jetzt erinnere ich mich. Und der ist in der Lage, das Problem zu lösen? Sind Sie sich da sicher?«

»Ich lege meine Hand ins Feuer, Herr Polizeipräsident.«
»Erklären Sie das genauer.«
»Sehen Sie, Seine Exzellenz hat mir einen Brief zu lesen gegeben, den er offiziell an den Unterpräfekten geschickt hat. Allerdings hat er ihn mir erst zu lesen gegeben, nachdem er ihn bereits abgeschickt hatte. Daher habe ich auch nichts tun können, um ihn daran zu hindern.«
»Was hat er in dem Brief geschrieben?«
»Er hat den Unterpräfekten gewarnt. Er informierte ihn über die Ankunft zweier Pestschmierer, die die landwirtschaftliche Versuchsanstalt in Bivona verseuchen und damit eine Epidemie auslösen wollen. Er hat ihm sogar beschrieben, wie die Infektionskeime aussehen.«
»Und wie sehen die aus?«
»Nach Ansicht Seiner Exzellenz sind sie leuchtend rot und jeder von ihnen besitzt über zweitausend Füßchen, an die genaue Anzahl erinnere ich mich nicht mehr.«
»Herr des Himmels! Aber, entschuldigen Sie, es könnte doch sein, daß dieser Unterpräfekt den Brief nach Erhalt in eine Schatulle verschließt, weil er von der gleichen Besorgnis erfüllt ist wie wir. Sie glauben nicht? Wieso?«
»Weil Artidoro Conigliaro nicht einmal die Bedeutung des Wortes Besorgnis versteht.«
»Das ist ja fabelhaft! Das ist ja ganz fabelhaft!«
»Und wenn er Seine Exzellenz endlich gehäutet und auf einen Bratrost geworfen sehen könnte, würde er noch einen Freudentanz veranstalten.«
»Das würde er wirklich tun? Aus welchem Grunde?«
»Wegen der uns bekannten Macken Seiner Exzellenz. Seine Exzellenz Marascianno hat ihm aus irgendeinem Grund ganz übel mitgespielt. Praktisch hat er ihm, verzeihen Sie den Ausdruck, die Karriere versaut.«
»Daher vermuten Sie, daß...«
»Ich vermute nicht nur, ich bin mir sicher. Eine Abschrift des Briefes Seiner Exzellenz des Präfekten wird ohne Frage in ein paar Tagen auf dem Schreibtisch Seiner Ex-

zellenz Giovanni Nicotera, des Innenministers, liegen, mit entsprechendem Kommentar. Conigliaro wird diese unerwartete Gelegenheit nicht auslassen, um sich zu rächen.«

»Wenn die Dinge sich so verhalten, dann fühle ich mich, wenn auch mit Bedauern, gleich etwas besser. Es hat mich belastet, eine Meldung…«

»Ich werde Sie über die Entwicklung auf dem laufenden halten, Herr Polizeipräsident.«

D

(Dottor Zingarella – Taninè – Pippo)

»Ist es erlaubt? Ich suche Signor Genuardi, Signora.«
»Krank ist er und im Bett. Wer sind Sie?«
»Ich weiß, daß er krank ist. Caluzzè die Schrumpelfeige, der Lagergehülfe Ihres Mannes, ist in meine Arztpraxis gekommen und hat mich gerufen. Ich bin Dottor Zingarella.«
»Oh, wollen Sie mich bitte entschuldigen, im Gegenlicht hab ich Sie nicht erkannt. Treten Sie doch bitte ein.«
»Wo ist denn unser Kranker?«
»Im Schlafzimmer, im Bett. Kommen Sie, ich geh voraus. Pippo, Dottor Zingarella ist da.«
»Guten Tag, Dottore, danke, daß Sie gekommen sind.«
»Nehmen Sie doch bitte Platz.«
»Vielen Dank, Signora. Was ist passiert, Signor Genuardi?«
»Am Tag nach dieser unseligen Geschichte, als sie mich zuerst verhaftet und dann enthaftet haben, bin ich mit Fieber aufgewacht. Wann war's nochmal, Taninè, als sie mich verhaftet haben?«
»Was heißt denn, wann war's nochmal? Gestern erst war's! Weißt du das denn nicht mehr?«
»Entschuldigen Sie, Dottore, ich fühl mich ein bißchen durcheinander.«
»Schon gut, keine Sorge. Jetzt werden wir erst mal Fieber messen. Stecken Sie das Thermometer unter die Achsel. Setzen Sie sich im Bett auf, ja, genau so, und ziehen Sie das Unterhemd hoch. Perfekt. Schön tief einatmen... nochmal... sagen Sie dreiunddreißig... dreiunddreißig... dreiunddreißig ... öffnen Sie jetzt so weit Sie können Ihren Mund und strecken Sie die Zunge heraus... geben Sie mir das Thermometer.«

»Ist es schlimm, Dottore?«
»Signora, Ihr Gatte ist gesund wie ein Fisch im Wasser, seine Temperatur ist zwar ein bißchen erhöht, aber ich glaube, das ist im wesentlichen auf die Aufregung darüber zurückzuführen, was er durchgemacht hat.«
»Und diese winzig kleinen roten Flecken, Dottore, die mir überall am Körper gekommen sind, was ist das? Sehen Sie, hier… und hier…«
»Pippo, das ist schlechtes Blut.«
»Wer ist hier der Arzt, Taninè? Du oder der Dottore?«
»Signor Genuardi, hat man Sie im Gefängnis in Montelusa in eine Zelle gesperrt?«
»Jaja, ein paar Stunden. Es war eine leere Zelle, da waren keine anderen Gefangenen.«
»Gab es da Strohmatratzen?«
»Jaja. Und weil meine Knie schlotterten, hab ich mich drauf ausgestreckt.«
»Und so sind Sie von Flöhen und Wanzen befallen worden. Die haben Sie bei lebendigem Leibe gefressen.«
»Heilige Muttergottes! Was für eine Sauerei!«
»Das sind Dinge, die vorkommen, Signora, die Flecken gehen von alleine weg.«
»Und gegen das Fieber, was muß er da nehmen?«
»Das verschwindet wahrscheinlich von alleine. Ein kleines bißchen Kamille, wenn er unruhig wird.«
»Machst du für unseren Dottore einen Kaffee, Taninè?«
»Aber woher, Signora, machen Sie sich keine Umstände!«
»Was denn für Umstände. Er ist doch schon fertig!«
»Dottore, hören Sie, ich will mit Ihnen reden, wo meine Frau gerade nicht da ist. Seit heute morgen, seit ich dieses Fieber bekommen habe, kann ich mich ganz einfach nicht mehr zurückhalten. Jetzt ist es zehn, und ich hab's schon dreimal gemacht.«
»Willst du mir damit sagen, daß du vermehrt Erektionen hast?«

»Genau das.«
»Mach dir keine Sorgen, das ist eine natürliche Reaktion. Ich spreche leiser, ich will nicht, daß deine Frau uns hört. Du hast dich ja ganz großartig aus der Sache herausgezogen, Genosse. Tüchtig. Schade nur, daß du aufgeflogen bist.«
»Entschuldigen Sie, Dottore, aber wieso duzen Sie mich?«
»Weil man das unter Genossen so macht. Hör zu, ich vertrau dir ein Geheimnis an. Nächste Woche kommt De Felice Giuffrida. Den mußt du unbedingt treffen. Ich sag dir noch den Tag und die Uhrzeit.«
»Hören Sie, Dottore, ich will nur eben sagen, daß ich mit dieser Geschichte der Sozialisten...«
»Hier ist auch schon der Kaffee!«
»Wie freundlich von Ihnen, Signora!«

E

(Taninè – Don Nenè – Pippo)

»Papà! Papà! Heilige Muttergottes, was für eine schöne Überraschung!«
»Wie geht es dir, Taninè?«
»Jetzt besser, Papà. Komm herein. Pippo, Papà ist dich besuchen gekommen!«
»Don Nenè! Was für eine Freude! Was für eine Ehre! Dieses Haus ist geehrt, Euch zum ersten Male zu empfangen!«
»Was hast du, Pippo? Ich bin am Lager vorbeigegangen und Caluzzè sagte mir, du würdest dich nicht wohlfühlen. Was ist denn los?«
»Nichts, nur ein bißchen Fieber. Der Arzt ist gerade eben weggegangen. Er meint, das kommt von dem Schrekken.«
»Wir alle waren erschrocken. Ich bin gekommen, um dich um Entschuldigung zu bitten.«
»Ihr? Mich? Wieso?«
»Als man mir von deiner Verhaftung durch die Carabinieri erzählt hat, dachte ich sofort, daß du irgendeinen großen Scheiß angestellt hättest. Dazu hielt ich dich für fähig. In Wirklichkeit hattest du aber gar nichts angestellt, und ich bitte dich um Verzeihung, daß ich schlecht über dich gedacht habe.«
»Wer hat Euch denn gesagt, daß ich so unschuldig wie Christus war?«
»Der Leiter der Polizeidienststelle Spinoso, ein tüchtiger Kerl. Er hat mir erklärt, daß der Tenente der Carabinieri einen schweren Irrtum begangen hat. Er hat dich an Stelle eines anderen verhaftet. Was tust du denn da? Weinst du etwa?«
»Weine nicht, mein Herzenspippo, wieso denn, weinst du etwa meinetwegen?«

»Taninè, Papà, ich weine! Ja, ich weine, Euer Wohlgeboren, Papà, das könnt Ihr ja nicht verstehen, was es heißt, unschuldig im Gefängnis zu sitzen!«
»Schluß jetzt, Pippo, weine nicht mehr. Wenn Gott will, ist alles vorbei.«
»Daß Euer Wohlgeboren recht behalten möge, Papà. Es ist vorbei. Darf ich mir erlauben, Sie Papà zu nennen?«
»Aber gewiß doch, mein Sohn. Taninè, sobald sich Pippo besser fühlt, kommt ihr zum Essen zu mir nach Hause.«
»Wie geht's Lillina, Papà?«
»Was soll ich da sagen, Taninè? In diesen Tagen fühlt sie sich nicht so ganz auf der Höhe. Morgen hätte sie eigentlich nach Fela fahren sollen, sie kann nie länger als eine Woche fern von ihrem Vater und von ihrer Mutter sein. Doch jetzt hat sie mir gesagt, sie schiebt die Reise auf.«
»Wolltest du denn morgen nicht nach Fela fahren, Pippo?«
»Schon, Taninè, das hab ich gesagt. Eigentlich hätte ich eine Verabredung mit den Tanterra-Brüdern für eine Lieferung Holz. Na, dann eben nicht!«
»Also, dann sind wir einverstanden, sobald du dich wohlauf fühlst, kommt ihr zu mir. Lillina wird darüber erfreut sein. Sie ist immer zu Hause und sieht keine Menschenseele.«
»Sobald ich wieder auf den Beinen bin, kommen wir.«
»Begleitest du mich zur Türe, Taninè?«

»Taninè, ist Papà gegangen?«
»Ja, Pippo.«
»Wo bist du, Taninè?«
»In der Küche bin ich, Pippo.«
»Und was machst du, Taninè?«
»Ich bereite das Essen vor, Pippo.«
»Komm mal her, Taninè.«
»Da bin ich, Pippo. O heilige Muttergottes, was machst

du denn da so ganz nackt? Schlüpf unter das Bettuch, schließlich hast du Fieber, Pippo.«

»Ja, ich hab Fieber, Taninè. Komm, leg dich her zu mir, ich kann's nicht mehr zurückhalten.«

»O heilige Jungfrau, was ist nur mit dir los? Seit heute früh stösselst du schon im Mörser rum… Ja… ja… ja… genau so.«

F (*Commendatore Longhitano – Gegè – Calogerino*)

»Küßdiehand, Don Lollò.«
»Grüß dich, Gegè.«
»Gottes Segen, Don Lollò.«
»Grüß dich, Calogerino.«
»Don Lollò, im Ort weiß man, warum Pippo Genuardi eingelocht und nach einem halben Tag schon wieder rausgelassen worden ist.«
»Warum?«
»Es heißt, daß es sich um eine Verwechslung wegen Minihomonünie oder so was handelt.«
»Wegen was? Redest du jetzt schon türkisch?«
»Wenn Sie erlauben, Don Lollò, ich kann das erklären. Unser Freund Gegè meint, daß man Pippo Genuardi aufgrund einer auf Namensgleichheit zurückzuführenden Verwechslung verhaftet hat. Irgend jemand gebrauchte in diesem Zusammenhang das Wort Homonymie, wahrscheinlich um uns scheu zu machen. Gemeint ist, wenn zwei Personen den gleichen Namen haben und einer sie verwechselt.«
»Und ich, was hab ich denn gesagt, Don Lollo, hab ich nicht dasselbe gesagt?«
»Also, dann hat man diesen Signor Genuardi zuerst verhaftet und dann eins zwei drei im Handumdrehen ... tut uns leid, wir haben uns geirrt, bitten vielmals um Entschuldigung, wir grüßen Sie und verbleiben ergebenst. Das versteh ich nicht.«
»Ich auch nicht, Don Lollò. Bei Turidruzzo Carlesimo, der auch wegen Namensgleichheit verhaftet worden war, brauchte das Gesetz sieben Monate, bevor es sich von der Verwechslung überzeugt gezeigt hatte.«
»Da denkst du ganz richtig, Calogerino. Aber sag mir zuerst, wie es in Palermo lief.«

»Was soll ich da schon sagen, Don Lollò? Es lief genau so wie damals bei der Piazza Dante. Aus der Wohnung im Corso Tukory war er, als ich dort hinkam, vierundzwanzig Stunden vorher ausgezogen, und keiner konnte mir sagen, wohin. Mir kommt's vor, als würden die mit uns Katz und Maus spielen.«
»Und wieder denkst du ganz richtig, Calogerino. Siehst du, meiner Ansicht nach gibt es zwei Katzen: einmal Sasà und dann Pippo, der mir Informationen zur unrechten Zeit liefert. Einfach ausgedrückt: Pippo erzählt mir, wo Sasà sich aufhält, warnt aber gleichzeitig Sasà, damit der verschwinden kann. Du kommst an und findest kein Schwein.«
»Dann schlitz ich diesem Pippo den Bauch auf wie einer Meerbarbe.«
»Einen Augenblick noch, Calogerino, lauf nicht gleich weg. Mir wird nämlich gerade klar, daß Pippo das nicht tut, um Sasà zu retten, sondern um mir eins auszuwischen.«
»Das versteh ich nicht, Don Lollò.«
»Dafür versteh ich es, Calogerino. Filippo Genuardi muß ein ganz durchtriebener Saftsack sein, ein Spion, der mit den Carabinieri unter einer Decke steckt.«
»Aber es waren doch grad die Carabinieri, die ihn eingelocht haben!«
»Gegè, im Mistfaseln bist du ein Gott! Die Carabinieri haben ihn doch nur deshalb verhaftet, weil sie wollten, daß es alle wissen. Aber das war mit Sicherheit nur ein Täuschungsmanöver, das stinkt nach Schmierentheater. Die Wahrheit ist, daß die Carabinieri ihn unter vier Augen sprechen wollten, ohne gestört zu werden. Um die Schlinge, die Fallgrube für mich vorzubereiten.«
»Wie denn das?«
»Calogerino, als du das erste Mal nach Palermo gekommen bist, hast du da Sasà angetroffen?«
»Nein.«

»Und beim zweiten Mal?«
»Nein.«
»Wenn Pippo Genuardi mir das nächste Mal eine dritte Adresse gibt, fährst du nach Palermo und…«
»Finde ihn wieder nicht.«
»… du findest ihn, Calogerino, du findest ihn. Was machst du dann, erschießt du ihn oder stichst du ihn ab?«
»Je nach dem, Don Lollò, je nach Ort, Menschenmenge, Entfernung… Wenn nötig, auch mit der Hand.«
»Mit einem Wort, du tust deine Pflicht oder beginnst gerade damit, deine Pflicht zu tun, und da kommen plötzlich die Carabinieri, die dich in Ketten legen. Und weil sie wissen, daß du zu mir gehörst…«
»O du zum Himmel stinkender Hurensohn! In Stücke zerhau ich den, mit der Axt, wie ein Schwein, das er ja auch ist!«
»Ruhe bewahren, Calogerino. Du mußt Vertrauen haben: Ich bin hunderttausendmal erfahrener als jeder Filippo Genuardi im ganzen erschaffenen Universum. Dieses Spiel mit ihm spiele ich ganz allein, ich ganz allein!«

Geschriebenes drei

MINISTERIUM FÜR DAS POST- UND TELEGRAPHENWESEN
Regionalverwaltung – Via Ruggero Settimo 32 – Palermo

An den
Sehr Geehrten Herrn
Filippo Genuardi
Via Cavour Nr. 20
Vigàta

Palermo, am 19. Dezember 1891

Werthester Freund,
ich kann Ihnen eine schöne Nachricht zukommen lassen. Auf Grund des unablässigen Drängens unseres Freundes, Advokat Orazio Rusotto, habe auch ich entsprechenden Druck auf meine Untergebenen ausgeübt, um den Gang des Sie betreffenden Verfahrens zu beschleunigen. Auf diese Weise haben wir alle Informationen und Unterlagen erhalten, die für uns von Interesse sind.

Damit habe ich nunmehr das *nulla obstat* für die weiteren vorausgehenden Maßnahmen gegeben, ehe der offizielle Antrag an S.E. den Minister gerichtet wird. In der ersten Dekade des Monats Januar des kommenden Jahres werde ich den Landvermesser Pulitanò Agostino nach Vigàta entsenden, welcher sich für die Mindestdauer von einer Woche am Orte aufhalten wird, um die Planung für die Leitungsmasten zum Abschluß zu bringen.

Wie ich bereits Gelegenheit hatte, Ihnen zu schreiben, obliegt der Landvermesser Pulitanò hinsichtlich der Reise Palermo – Vigàta (und zurück) sowie der anfallenden Ausgaben für Verpflegung und Unterbringung ganz und gar Ihren Lasten.

Für diese Ihre Kosten stellt Ihnen der Landvermesser Pulitanò ordnungsgemäß eine amtliche Quittung aus.

Ich nehme diese Gelegenheit wahr, Ihnen ein frohes Weihnachtsfest und ein glückliches neues Jahr zu wünschen.

Richten Sie bitte meine ergebensten Grüße an Commendatore Longhitano aus.

Ihr

MINISTERIUM FÜR DAS POST- UND TELEGRAPHENWESEN
Der Direktor der Verwaltung
(*Ignazio Caltabiano*)

P.S. Die Vigatiner Langusten, die Sie die Großzügigkeit hatten, mir zukommen zu lassen, waren köstlich! Ich höre nicht auf, den Landvermesser Pulitanò um die Woche zu beneiden, die er in Vigàta verbringt.

Mein vielgeliebter Herzenspippo,
du Freude dieses Herzens vielgeliebter Pippuzzo an den ich denke sei es bei Nacht oder bei Tage und auch am folgenden Tage und auch noch am dann folgenden du kannst dir gar nicht vorstellen wie sehr du mir fehlst vielgeliebter Pipuzzo zu jeder Stund was sag ich zu jeder Stund zu jeder Minute die vom Tage vergeht wo ich dich nicht ganz fest in meine Arme schließen und deine Lippen auf meinen spüren kann die Dinge mein lieber Pipuzzo die dir geschehen sind so daß du im Gefängnisse gelandet bist bei dem Verbrecher haben mir ein so arges Fieber verursacht daß mir Flecke ins Gesicht geschossen sind ich war verzweifelt weil ich nichts von dem verstanden habe was da vor sich ging ich zitterte am ganzen Körper daß ich hätte verrückt werden mögen des nachts kam mir das Bett vor als stünd es in Flammen ich konnte nicht einschlafen später erfuhr ich daß dich das Fieber befallen hat wegen all dem was du wie der unschuldige Christus durchlitten hattest und so haben wir uns nicht sehen können wann aber Pipuzzo meine Seele können wir uns wiedersehen um ein paar Stunden des Glückes eng umschlungen miteinander zu verbringen denn du mußt wissen mein vielgeliebter Pipuzzo mein Leben ist ohne dich wie die Nacht ohne Mond und der Tag ohne Sonne denn es gibt Nächte vor denen mir graut wenn ihn die Laune treibt und er zu mir kommt und Dinge mit mir die ich seine Frau bin thun will dann überkommt ihn die Lust doch wegen seines Alters kann er nicht mehr dann nimmt er mich und läßt mich Dinge thun deren ich mich schäme unanständige Dinge die nicht einmal eine Hure mit einem Wort Dinge über die ich gar nicht reden

kann aber dennoch tue weil ich denke daß du vielgeliebter Pipuzzo an seiner Stelle bei mir bist dann wird mir alles irgendwie leicht und es gelingt mir ihm die ganze Befriedigung zu geben die er bei mir sucht Pippo so ist mein Leben ich hoffe du bekommst diesen kurzen Brief von mir auf irgendeine Weise der dir sagt daß ich an dich denke und hoffe es so bald wie möglich einrichten zu können uns nach dem üblichen System wiederzusehen denke an mich wie ich an dich denke in jeder Minute Küsse Küsse Küsse Küsse Küs…

An den
Sehr Geehrten Herrn
Filippo Genuardi
Via Cavour Nr. 20
Vigàta

Palermo, am 20. Dezember 1891

Bester Pippo,
es ist schon eine ganze Weile, daß wir uns nicht sehen. Auf Grund von Arbeitsüberlastung habe ich seit vier Monaten ohne Unterbrechung nicht von Palermo weggekonnt und ich glaube, ich schaffe es nicht einmal, über Weihnachten nach Vigàta zu kommen, um das Heilige Fest mit meiner Mutter zu verbringen.

Der Grund meines Schreibens, bester Pippo, ist der, und das sage ich Dir gleich mit der ganzen Loyalität, die unsere Freundschaft immer ausgezeichnet hat, eine Vermittlung für eine Wiederversöhnung zu versuchen. Und es liegt mir daran, Dich darauf hinzuweisen, daß diese Initiative ganz ausschließlich meine eigene ist.

Ich komme gleich zum Kern der Sache. Rein zufällig habe ich unseren gemeinsamen Freund Sasà La Ferlita getroffen. Als wir auf das eine und andere zu sprechen kamen, habe ich schließlich auch Deinen Namen erwähnt. Daraufhin habe ich beobachtet, wie Sasà steif wurde, was mich eigentlich dazu hätte bringen sollen, nicht weiter nachzuhaken. Doch statt dessen habe ich gerade im Namen der Freundschaft, die uns miteinander verbunden hat (erinnerst Du Dich, daß wir »die drei Musketiere« genannt wurden?), den armen Sasà eines einem Polizeikommissar würdigen Verhörs unterzogen. Zum Vorschein kam eine wirre Geschichte, von der ich nicht sehr viel verstanden habe, zumal sich auch Sasà überaus renintent zeigte und oftmals mit unverständlichem Gemurmel antwortete.

Eines, wovon ich felsenfest überzeugt bin, habe ich jedoch begriffen: Er wartet nur auf ein wie auch immer kleinstes Zeichen von Dir, um sich in Deine Arme zu werfen und euere alte Freundschaft mit aller wiedergefundenen Herzlichkeit zu erneuern.

Sasà La Ferlita wohnt in Palermo, Vicolo delle Croci 5, bei Familie Panarello.

Er hat mir zwar den Schwur abverlangt, daß ich niemals diese Adresse an Dich weitergeben werde. Wenn ich trotzdem meineidig werde, dann deshalb, weil ich glaube, daß Freundschaft das Kostbarste auf der Welt ist, für das man alles opfern muß.

Warum schickst Du ihm nicht eine Karte zum Heiligen Weihnachtsfeste? Lediglich Wünsche und Deine Unterschrift: Damit kompromittierst Du Dich nicht und schaffst eine Möglichkeit herauszufinden, wie Sasà reagiert.

Ich umarme Dich in unwandelbarer Brüderlichkeit.

Angelo Guttadauro

Meine Adresse lautet: Via Clemente Capodirù 87, Palermo.

KOMMANDO DER KÖNIGLICHEN CARABINIERI
VON VIGÀTA

An
S.E. den Präfekten
von Montelusa

Vigàta, am 4. Januar 1892

Betreff: Genuardi Filippo

Exzellenz!
Ich fühle mich verpflichtet, Sie über die Entwicklung der von diesem Kommando eingeleiteten Nachforschung bezüglich des im Betreff Genannten in Kenntnis zu setzen, wiewohl derselbe auf Anordnung Eurer Exzellenz enthaftet wurde.

In unserem voraufgegangenen Berichte vom 2. November des soeben abgelaufenen Jahres haben wir behauptet, daß an den Tagen 20. Januar und 14. März 1891 sich drei gefährliche sozialistische Agitatoren (Rosario Garibaldi Bosco, Carlo Dell'Avalle, Alfredo Casati) in die Via Cavour Nr. 20 begaben, um sich daselbst mit der im Betreff genannten Person zu unterhalten, dessen Mutter zu dieser Zeit an der vorgenannten Adresse wohnte.

Der Polizeidienststellenleiter von Vigàta stimmte mit unserer Hypothese (dieses Wort gebrauche ich aus diplomatischem Grunde: es handelte sich aber um genau dieses) in keinster Weise überein. Er vertrat die Ansicht, daß in dem Stockwerk über dem von Signora Posacane

Edelmira, der inzwischen verstorbenen Mutter der im Betreff genannten Person, Signora Verderame Antonietta wohnte, die Tante mütterlicherseits des o.g. Rosario Garibaldi Bosco.

Dieses Kommando ist jedoch in der Lage das Gegentheil zu beweisen, nämlich daß unter dem Datum des 20. Januars 1891 Signora Verderame Antonietta überhaupt nicht in ihrer Wohnung, Via Cavour Nr. 20, war, weil sie bereits seit dem 15. desselben Monats im Bürgerhospital von Montelusa lag, und zwar wegen eines aufgetretenen Anfalls von Angina pectoris. Der Aufenthalt der Signora Verderame Antonietta in dem genannten Hospitale zog sich sogar bis in die erste Dekade des Monats Februar hin.

Wenn, was unbestreitbar ist, die Tante des Garibaldi Bosco nothgedrungen abwesend war, mit wem hatten die drei Agitatoren dann *wirklich* eine Zusammenkunft in dem Hause in Vigàta, Via Cavour Nr. 20? Die Antwort liegt wohl auf der Hand.

Mit vorzüglicher Hochachtung

Der Kommandant des Kommandos
der Kgl. Carabinieri
(*Tenente Gesualdo Lanza-Turò*)

An den
Sehr Geehrten Herrn
Filippo Genuardi
Via Cavour Nr. 20
Vigàta

Palermo, am 4. Januar 1892

Bester Pippo,
entsprechend Deinem Briefe vom 27. Dezember des vergangenen Jahres (übrigens vielen Dank für Deine Wünsche, die ich von Herzen erwidere), habe ich mich am Vormittag des 31. Dezembers, nachdem ich auf dem Fischmarkt der Vucciria fünf Langusten zweiter Wahl gekauft hatte, zur Post- und Telegraphenverwaltung im Corso Tukory aufgemacht, um sie dort, gemäß Deinen Anweisungen, bei Dottor Ignazio Caltabiano abzugeben.

Da ich vergessen hatte, daß der 31. nur ein halber Arbeitstag war, fand ich die Bureaus bereits leer vor, doch ein Pförtner gab mir, gegen Bezahlung, die Adresse von Dottor Caltabiano. Dieser zeigte sich äußerst dankbar für die Langusten (die, wegen der Verzögerung, bereits zu stinken anfingen) und die Mühe, die ich auf mich genommen hatte. Er war zufrieden, daß ich ihn zu Hause aufgesucht hatte und nicht im Bureau, weil er so, wie er mir sagte, völlig frei und offen mit mir reden könne, ohne befürchten zu müssen, daß indiskrete Ohren mithören würden.

Was er mir gesagt hat, versuche ich, Dir so klar wie irgend möglich mitzuteilen. Es scheint, daß die Post- und Telegraphenverwaltung vor Ingangsetzung der Genehmigung für einen privaten Telephonanschluß verpflichtet ist, eine vertrauliche Bescheinigung über den moralischen und politischen Leumund des Antragstellers beizufügen. Gemäß der an sie gerichteten Bitte, übersandte die Polizeidienststelle von Vigàta eine Information, aus der nichts Nachtheiliges über Dich hervorging. Dadurch bestärkt, hielt es Dottor Caltabiano für seine Pflicht, Dir zu schreiben, daß alles auf dem besten Wege sei. Nun aber erreichte ihn am Tag nach diesem beruhigenden Schreiben an Dich ein weiterer Informationsbericht des Kommandos der Kgl. Carabinieri von Vigàta, aus dem hervorging – Dottor Caltabiano wollte, daß ich es wortwörtlich aufschreibe –, daß »Sonderüberprüfungen hinsichtlich der politischen Aktivitäten des Genuardi eine einstweilige Aussetzung des regierungsamtlichen Genehmigungsverfahrens angeraten erscheinen lassen«.

Dottor Caltabiano könne auf keinen Fall die Mitteilung des Kommandos von Vigàta umgehen. Glücklicherweise sei es ihm aber möglich gewesen, sie noch nicht protokollieren zu lassen. Denn ist er erst einmal protokolliert, gilt der Informationsbericht als offiziell empfangen, wohingegen bei der derzeitigen Lage Dottor Caltabiano so thun könne, als habe er ihn nie erhalten, und somit, sich ausschließlich auf den Informationsbericht der Polizeidienststelle von Vigàta stützend, könne er das Genehmigungsverfahren weiter vorantreiben.

Um dermaßen viel zu riskieren, sagte Dottor Caltabiano ausdrücklich, sei es unerläßlich, daß sein Rücken nicht nur gedeckt werden müsse, sondern *gepanzert.* Sein Rat geht dahin, daß Du darüber ernstlich mit Commendatore Longhitano sprichst, damit dieser zusammen mit seinem Freunde Orazio Rusotto – der im Augenblick im Gefängnis Ucciardone einsitzt, doch das stellt kein Hindernis dar – eine Richtlinie vereinbart, an die sich Dottor Caltabiano strengstens halten wird.

Er erwartet mithin eine *nicht* schriftliche Antwort.

Das ist alles. Von mir aus will ich Dich fragen: Kann ich eigentlich mal wissen, warum, heiliger Ständer, willst Du Dich in die Politik mischen? Scheint Dir das nicht ein gefährlicher Weg? Ich bewahre meine Freundschaft für Dich auch dann noch, wenn Du alle Präfekturen in Brand setzt, aber Du mußt Dir auch darüber im klaren sein, daß ich ein Beamter des Staates bin, der ganz genaue Obliegenheiten zu erfüllen hat.

Ich bitte Dich daher, mich nicht mehr für Bestechungsdienste einzusetzen oder Verbindungen zu Leuten aufrechtzuerhalten, die mir, offen gesagt, wenig empfehlenswert vorkommen.

Eine Umarmung

Angelo Guttadauro

Hast Du schon die Karte mit den Wünschen an Sasà La Ferlita geschickt? Wenn nicht, tu's.

KÖNIGLICHE PRÄFEKTUR VON MONTELUSA
DER KABINETTSCHEF

An den
Hochverehrten Polizeipräsidenten
von
Montelusa

Montelusa, am 6. Januar 1892

Herr Polizeipräsident,
mir obliegt die äußerst unangenehme Pflicht, Sie davon in Kenntnis zu setzen, daß S.E. Präfekt Vittorio Marascianno gestern, als er, nach dem Mittagessen, die Präfektenwohnung im obersten Stockwerk dieser Präfektur verließ, um sich in sein darunter liegendes Bureau zu begeben, unglückseligerweise ausgerutscht und zwei ganze Treppen kopfüber hinuntergestürzt ist.

Als Folge dieses heftigen Sturzes kann S. E. nicht mehr sprechen (Backen-, Eck- und Schneidezähne sind zersplittert), nicht mehr schreiben (Bruch des rechten Armes), nicht mehr gehen (Bruch der Oberschenkelknochen). Derzeit liegt S. E. im Bürgerhospital von Montelusa, wohin ich mich jeden Tag begebe, um ihn zu besuchen.

Per Eildepesche S.E. des Ministers Nicotera bin ich beauftragt worden, vorübergehend die Amtsgeschäfte zu übernehmen, und zwar so lange, bis S.E. wiederhergestellt ist.

Ich nehme die Gelegenheit wahr, um Sie darüber in Kenntnis zu setzen, daß ich einen Ergänzungsbericht des

Tenente der Kgl. Carabinieri Lanza-Turò bezüglich des Genuardi Filippo erhalten habe. Ich erlaube mir, Ihnen diesen beizufügen.

In meiner Eigenschaft als Stellvertretender Präfekt habe ich Tenente Lanza-Turò eine Dienstmittheilung zukommen lassen, in der ich ihm eindringlich rathe, sich mit dieser Angelegenheit nicht mehr weiter zu befassen. Allerdings hege ich die Befürchtung, daß seine Verbissenheit und vor allem das, was aus seinem Berichte hervorgeht, Anlaß für falsch verstandene Überzeugungen oder bösartige Vermutungen geben könnte.

Ist es Ihnen möglich, weitere Nachforschungen von Ihrem Polizeidienststellenleiter in Vigàta zu erbitten?

Ebenfalls gestern kündigte eine weitere Ministerialdepesche das bevorstehende Eintreffen eines Inspekteurs in der Person S.E. Carlo Colombotto-Rosso, Präfekt zur Disposition, an: Habe ich Ihnen nicht meine Überzeugung zum Ausdruck gebracht, daß der Unterpräfekt von Bivona die Gelegenheit nützen würde, S.E. Marascianno beim Ministerium in ein schlechtes Licht zu rükken?

Sie unterthänigst grüßend verbleibe ich Ihr

Für S.E. den Präfekten
Corrado Parrinello

An den
Sehr Geehrten Herrn
Emanuele Schilirò
Z. E. H.

Vigàta, am 8. Januar 1892

Sie werden es mir nachsehen, wenn ich Ihnen diesen Brief durch Caluzzè zukommen lasse, statt persönlich mit Ihnen zu sprechen, aber ich habe die Erfahrung gemacht, daß Worte oftmals die üble Angewohnheit haben, sich miteinander derart zu verschränken (die gesprochenen Worte), daß jemand der Überzeugung sein kann, Dinge verstanden zu haben, die der andere sich nicht einmal im Traume einfallen ließe zu sagen.

Sie müssen wissen, daß ich vor langer Zeit einen Antrag auf Genehmigung seitens der Regierung für einen Telephonanschluß zum privaten Gebrauche gestellt habe.

Nun läßt mich die Post- und Telegraphenverwaltung von Palermo wissen, daß der Vorgang ziemlich weit vorangeschritten ist, trotz einer einzigen Schwierigkeit, die jedoch vernachlässigbar ist.

Zu den von der Verwaltung geforderten Dokumenten gehört auch eine Bereitwilligkeits- und Zustimmungserklärung seitens der Person, mit welcher ich den Anschluß zu haben wünsche.

Diese Person sind Sie.

Das will ich Ihnen sogleich erklären. Ich habe die Absicht, mein Lager zu vergrößern und meine Handelsgeschäfte auszuweiten (diesbezüglich wird Ihre Tochter Taninè in Bälde mit Ihnen sprechen), und daher wird mir Ihre Unterstützung und Hilfe für jedes sich abzeichnende Geschäft unerläßlich.

Als Waise väterlicher- wie mütterlicherseits, der ich nun einmal bin, an wen sonst könnte ich mich wenden, wenn nicht an Sie, der Sie mit mir mal verständnisvoll, mal streng umgehen, was ich manchmal auch verdient habe?

Meine Absicht ist es, die Telephonleitung von meinem Holzlager zu Ihrem Hause einrichten zu lassen, wo Sie ja bereits einen Telephonanschluß für Geschäftszwekke besitzen, was es Ihnen ermöglicht, mit Ihrer Mine zu sprechen. Dies würde Ihnen mithin keine weiteren Unannehmlichkeiten verursachen.

Kann ich auf Ihre wohlwollende Großzügigkeit bauen?

Es ist nothwendig, daß Ihre Unterschrift von einem Notar beglaubigt wird: darum kümmere ich mich aber selbst.

Wie auch immer Ihre Antwort aussieht, so wünsche ich doch in jedem Falle, Ihnen für den wunderschönen Heiligen Abend zu danken, den Sie uns, Ihrer Tochter und mir, in Ihrem Hause bereitet haben, auch dank der auserlesenen Freundlichkeit Ihrer Gattin, Signora Lillina. Wenn ich mich beim Klang der Glocken zur Heiligen Christmette einem nicht mehr kontrollierbaren Weinen hingegeben habe, so war es deshalb, weil ich unvermittelt an meine lieben Dahingeschiedenen denken mußte. Über Jahre war ich darüber verzweifelt, nicht mehr die wärmende, tröstende Geborgenheit einer Familie wiederfinden zu können, die meine Jugend umgeben hat. Damals verkannte ich Unwissender deren Werth.

Doch in jener Nacht, als das Jesuskind geboren wurde, haben Ihr güthiges Lächeln, die Aufmerksamkeiten von Signora Lillina und die Gerührtheit meiner Gattin Taninè die Dämme meines Widerstandes zum Einsturz gebracht. Und so habe ich mich den Wogen der Erinnerungen und des Schmerzes überlassen.

Die Bereitwilligkeitserklärung für den Telephonanschluß müßten Sie mir innerhalb von höchstens sechs Tagen zukommen lassen.

Erlauben Sie mir, Sie zu umarmen, Papà?

Pippo

KÖNIGLICHES POLIZEIPRÄSIDIUM VON MONTELUSA
DER POLIZEIPRÄSIDENT

An den Signor Tenente
Gesualdo Lanza-Turò
Kommando der Kgl. Carabinieri
Vigàta

Montelusa, am 13. Januar 1892

Commendatore Corrado Parrinello, Stellvertretender Präfekt von Montelusa, hat mir freundlicherweise die Abschrift Ihres letzten, auf eigene Initiative verfaßten Informationsberichtes, Signor Genuardi Filippo betreffend, zukommen lassen.

In diesem Informationsbericht vertreten Sie Ansichten, die von den Ergebnissen des mir von der Polizeidienststelle von Vigàta zugeleiteten Berichtes krass abweichen.

Auf Grund der ausdrücklichen Bitte des Commendatore Parrinello und aus eigenem Bedürfnis habe ich den Dienststellenleiter der Polizei von Vigàta, Antonio Spinoso, um weitere Nachforschungen gebeten. Gleichzeitig habe ich ihn auf die schwerwiegenden Strafmaßnahmen aufmerksam gemacht, deren er gewärtig sein müßte, sofern sich in seinem Berichte unstimmige Begründungen oder spekulative Schlußfolgerungen fänden. Ich schreibe Ihnen, ohne weiteren Kommentar, den mir vom Dienststellenleiter Spinosa zugeleiteten Bericht ab, welcher für diesen die volle Verantwortung übernimmt.

»Aus dem Berichte von Polizist Mortillaro Felice, welcher die Aufgabe erhalten hatte, mit äußerster Diskretion die Bewegungen der drei Aufrührer (Rosario Garibaldi Bosco, Carlo Dell'Avalle, Alfredo Casati) während ihres Aufenthaltes in Vigàta zu beobachten, geht hervor, daß dieselben sich um 12 Uhr am Tage des 20. Januars des vergangenen Jahres gemeinsam in das Gebäude in der Via Cavour mit der Hausnummer 20 (zwanzig) begaben. Unter diesem Datum war Signora Verderame Antonietta, mütterlicherseits die Tante des Rosario Garibaldi Bosco und daselbst wohnhaft, nicht anwesend, da sie im Bürgerhospital von Montelusa lag. In Unkenntnis dessen, fing der Garibaldi Bosco an, mehrmals an die Wohnungsthüre der Verderame zu schlagen, ohne eine Antwort zu erhalten. Durch den Lärm herbeigelockt (wie sie dem Polizisten Mortillaro auf Befragung sagte), öffnete Signora Posacane Edelmira, Mutter des Genuardi Filippo, ihre Wohnungstüre und fragte vom unteren Treppenabsatz aus nach dem Grunde für diesen Krach. Ein großer, stämmiger Mann mit Bart, starkem catanesischem Dialekt und einer Narbe auf der Nase (es gibt niemanden, der darin nicht die besonderen Merkmale des Garibaldi Bosco erkennt) versicherte Signora Posacane, er sei gekommen, um Signora Verderame Antonietta zu besuchen. Die Posacane informierte ihn über die Einlieferung der Verderame ins Hospital von Montelusa, woraufhin die drei, nachdem sie gedankt und sich verabschiedet hatten, fortgingen.«

Haben Sie einer derart minutiösen Rekonstruktion der Fakten etwas anderes entgegenzusetzen? Meine Loyalitätspflicht erfordert es, Sie darüber zu informieren, daß ich Ihren Vorgesetzten, Generale Carlo Alberto de Saint-Pierre, Kommandeur der Königlichen Carabinieri auf Sizilien, über Ihre unerklärliche Verfolgungswuth (anders kann man das nicht nennen) hinsichtlich irgendeines beliebigen Bürgers wie des Genuardi unterrichtet habe.

Der Polizeipräsident
Monterchi

Gesagtes drei

A

(Commendatore Longhitano – Pippo)

»Commendatore Longhitano! Glücklich die Augen, die Sie erblicken! Sie sind frisch wie eine Blume! Vor Weihnachten habe ich versucht, Sie zu erreichen, um Ihnen meine ergebensten Wünsche auszusprechen, aber man sagte mir, Sie würden bis Anfang Januar nicht in Vigàta sein.«

»Ich bin nach Montelusa gefahren, zu meinem Bruder, dem, den Ihr Freund Sasà La Ferlita um zweitausend Lire geprellt hat, und dort habe ich das Heilige Fest verbracht.«

»Commendatore, wo ich nun schon einmal das Vergnügen habe, Ihnen zu begegnen, muß ich Sie um etwas bitten.«

»Wenn ich kann, zu Ihrer Verfügung, Genuardi.«

»Vor allem muß ich Ihnen für das lebhafte Interesse danken, das Advokat Orazio Rusotto auf Ihr Drängen hin in den vergangenen Monaten für mein Genehmigungsverfahren bei der Post- und…«

»Ach. Orazio hat sich dafür eingesetzt?«

»Aber sicher, ja. Das weiß ich von Signor Caltabiano, dem Direktor, der Sie unter anderem herzlich grüßen läßt.«

»Danke, ganz meinerseits. Das ist gut, daß Sie mir sagen, Orazio Rusotto hätte sich dafür eingesetzt. Dann trage ich bei nächster Gelegenheit meine Schuld dafür bei ihm ab.«

»Aber die Schuld ist doch meine Sache, Don Lollò.«

»Gegenüber Rusotto?! Bei Orazio Rusotto stehen Sie überhaupt nicht in der Schuld! Bringen wir die Dinge nicht durcheinander. Ich bin's, der Rusotto etwas schuldet, während Sie mir gegenüber in der Schuld stehen. Ist das klar?«

»Völlig klar.«
»Und was ist Ihre Bitte?«
»Ja, also, da ist ein Hindernis aufgetaucht, das die Genehmigung für das Telephon hinauszögern kann. Sie wissen, daß mich die Carabinieri von Vigàta auf Grund eines Mißverständnisses verhaftet hatten.«
»Das habe ich erfahren und sehr bedauert.«
»Daran habe ich nicht gezweifelt. Um nun aber diese gebenedeite Genehmigung zu erhalten, ist es notwendig, daß die von den Carabinieri und der Polizei ausgestellten Informationen über mich nichts Nachteiliges enthalten.«
»Was die Carabinieri angeht, können wir ruhig sein.«
»Wieso sagen Sie das, Commendatore? Wollen Sie mich auf den Arm nehmen?«
»Durchaus nicht, glauben Sie mir. Ich dachte, daß die Carabinieri, auch um das Unrecht wiedergutzumachen, das sie Ihnen zugefügt haben ...«
»Aber woher denn! Die haben an Direktor Caltabiano geschrieben, daß sie Nachforschungen über mich anstellen und daher von einem Telephon im Augenblick gar keine Rede sein kann.«
»Ach, was erzählen Sie mir denn da! Das ist doch Irrsinn! Das ist doch gar nicht zu glauben, daß die Carabinieri einem so aufrechten Manne wie Ihnen noch einen weiteren Tort antun.«
»Commendatore...«
»Was ist? Warum sehen Sie mich so an?«
»Commendatore, Sie treiben mir den kalten Schweiß auf die Stirn.«
»Ich? Wieso denn?«
»Naja, ich weiß nicht, aber ich höre in Ihrer Stimme schon wieder etwas Ironisches, etwas Anstößiges...«
»Was kommt Ihnen denn in den Sinn! Zuerst einmal: ich bin erkältet, ich bin ein bißchen erkältet, ich habe einen Luftzug abbekommen, und daher ist meine Stimme die,

die sie ist. Und zweitens: ich mache mich nicht lustig über das Unglück anderer. Pissen Sie doch einfach mitten hinein in die Flasche, Genuardi! Was wollen Sie von mir?«

»Verzeihen Sie mir. Dottor Caltabiano hat mich durch einen Freund wissen lassen, daß es ihm für den Augenblick gelungen sei, den nachteiligen Bericht der Carabinieri nicht protokollieren zu lassen.«

»Ah.«

»Und wenn er nicht protokolliert wird, könne er, Caltabiano, ihn auch verschwinden lassen und behaupten, er habe ihn nie erhalten.«

»Ah.«

»Und er könne das Genehmigungsverfahren einleiten, indem er sich ausschließlich auf den positiven Bericht der Polizei stütze.«

»Ah.«

»Und so würde das Problem ohne weiteres gelöst.«

»Ah.«

»Aber Dottor Caltabiano hat mich darauf hingewiesen, daß die Sache für ihn sehr heikel werden könne.«

»Ah.«

»Und daher muß er, Dottor Caltabiano, sicher sein, daß sein Rücken gepanzert ist, wie er gesagt hat.«

»Ah.«

»Commendatore, Sie sagen immer nur ›Ah‹, haben Sie sonst nichts weiter zu sagen?«

»Was soll ich dir denn sagen? Ich erinnere mich schon gar nicht mehr, ob ich dich geduzt oder gesiezt habe.«

»Duzen Sie mich. Sie sind doch wie ein Vater für mich!«

»So gesehen, wird die Sache noch schwieriger.«

»Verstehe genau.«

»Siehst du, Orazio Rusotto hat breite Schultern, sehr breite, halb Palermo kann er damit zudecken, wenn er will, da ist Caltabiano nur ein kleiner Fisch! Aber darum geht es gar nicht.«

»Worum geht es denn dann?«

»Darum, daß meine Verpflichtung gegenüber Orazio Rusotto umfangreicher wird und mithin auch deine Verpflichtung mir gegenüber. Nun ist es so, schau, daß ich meine Schuld gegenüber Orazio Rusotto nicht nur bis zum letzten Cent, sondern auch einschließlich aller Zinsen jederzeit zurückzahlen kann. Die Frage, die sich dann stellt, ist: Bist du in der Lage, das gleiche mir gegenüber zu tun? Überleg dir genau, was du antwortest.«

»Ich bezahle sie.«

»Soll ich etwa deinem Wort vertrauen? Es kommt mir ja nicht so vor, daß du bis zu diesem Augenblicke ...«

»Was hat Euer Wohlgeboren mir vorzuwerfen?«

»Zum Beispiel, daß du nicht zuverlässig bist, daß du nicht genügend guten Willen bei einer Sache gezeigt hast, die du für mich tun solltest.«

»Commendatore, jetzt erschrecken Sie mich aber wirklich. Ich versichere Ihnen, ich glaube nicht, gegenüber Euer Wohlgeboren im Unrecht zu stehen. Erklären Sie mir das bitte genauer.«

»Na, gut, ich rede mit dir unverblümt, aber scheiß dir nicht gleich in die Hosen. Ich gelange zu der Überzeugung, daß du und Sasà La Ferlita gemeinsame Sache macht, um mir den Arsch aufzureißen.«

»O heilige Jungfrau liebe! Ich krieg keine Luft! O Gott, was für ein Schlag! Mir wird ganz schwindelig! Ich bin verloren!«

»Mir solltest du so ein Theater nicht vorspielen.«

»Wieso Theater?! Wenn Sie mir sagen, was Sie mir gesagt haben, dann trifft mich das wie ein Schlag, dann gerät mein Blut ins Stocken! Ich mit Sasà gemeinsame Sache machen! Sie müssen mich schon entschuldigen, aber daraufhin muß ich mich setzen, meine Knie zittern wie frischer Ricotta! Wie kann Ihnen nur so ein Gedanke in den Sinn kommen! Ich verbündet mit Sasà! Wo ich Ihnen doch zweimal schon die Adresse von diesem gehörnten Rindviech gegeben habe!«

»Und zweimal hat man ihn unter dieser Adresse nicht angetroffen! Er hatte ganz schnell die Wohnung gewechselt! Ein merkwürdiger Zufall, nicht?!«
»Aber, heiliger Herr Jesus, was für einen Vorteil hätte ich denn davon?«
»Deine Scheißangelegenheit.«
»Dann denken Euer Wohlgeboren also, daß, während ich Ihnen mit der einen Hand Sasàs Adresse zustecke, ich ihn mit der anderen warne, damit er sofort verschwinden soll? Hab ich das richtig verstanden?«
»Richtig verstanden.«
»Heilige Maria! Ich krieg keine Luft mehr! Ein Fisch an Land bin ich geworden!«
»Hör zu, machen wir folgendes, damit die Sache aus der Welt geschafft wird. Du besorgst mir die neue Adresse deines Freundes Sasà, und ich schicke einen meiner Männer zu ihm nach Palermo. Wenn mein Mann ihn dort nicht antrifft und man ihm sagt, der Herr Buchhalter sei kurz zuvor ausgezogen, dann tust du gut daran, dir schon mal deinen Sarg auszusuchen.«
»Sasàs neue Adresse hab ich hier, in der Tasche. Aber, wenn Sie erlauben, geb ich Sie Ihnen jetzt noch nicht.«
»Es ist deine Haut, mein Sohn.«
»Ich geb sie Ihnen noch nicht, weil ich erst genauere Nachforschungen anstellen will. Euer Wohlgeboren, diesen bösen Gedanken, ich würde mit Sasà gemeinsame Sache mache, den müssen Sie vergessen. Bevor ich Ihnen die Adresse gebe, will ich sicher gehen, daß sie richtig ist.«
»Dann bin ich auch bereit zuzugeben, daß ich mich geirrt habe. Mehr noch, ich werde folgendes tun: ich setze mich augenblicklich mit Orazio Rusotto in Verbindung. Ich geb dir Kredit.«
»Man hat mir gesagt, daß Advokat Rusotto derzeit im Gefängnis Ucciardone einsitzt.«
»Ach, was macht das schon? Gar nichts. Orazio geht im

Ucciardone ein und aus. Das ist kein Hindernis. Und außerdem ist Orazio Rusotto ubiquitär.«

»Ich verstehe nicht.«

»Ubiquitär bedeutet, daß Orazio sich zur gleichen Zeit an zwei verschiedenen Orten aufhalten kann. Nehmen wir an, einer sagt, daß Orazio sich am Abend des Soundsovielten in Messina aufgehalten hat. Na gut, dann gibt es eben hundert Personen, die beschwören können, daß Orazio sich am selben Abend in Trapani aufgehalten hat. Habe ich mich klar ausgedrückt?«

B

(Taninè – Don Pirrotta)

»Seit wann warst du nicht mehr beichten, Taninè?«
»Seit meiner Hochzeit, Don Pirrotta.«
»So lange schon? Und wieso?«
»Naja, eigentlich weiß ich das nicht. Möglich, daß die Ehe, die ich eingegangen bin, mich davon abgehalten hat.«
»Was ist denn das für eine Vorstellung! Die Ehe ist ein Sakrament! Wie kann dann ein Sakrament von den anderen Sakramenten abhalten?«
»Sie haben ja recht. Dann ist es vielleicht, weil mein Mann sich nichts draus macht.«
»Sagt dir dein Mann, du sollst nicht in die Kirche gehen?«
»Nein, nein, er sagt weder geh noch steh. Als ich aber einmal in die Kirche gehen wollte, fing er an zu lachen und sagte: ›Komm her, ich geb dir schon die Sakramente, die du brauchst.‹ Und zog mich ins Schlafzimmer. Ja, und dann hab ich nicht mehr an die Kirche gedacht.«
»Dieser Gottlose! Dieser Gotteslästerer! Dein Mann wird in der Hölle schmoren, mit all seinen Kleidern! Die Leute im Ort haben recht, wenn sie über deinen Mann so reden, wie sie reden!«
»Was reden die Leute im Ort denn über Pippo, Padre Pirrotta?«
»Daß er mit den Sozialisten unter einer Decke steckt! Mit den Schlimmsten, den Gottlosesten!«
»O je, Sie glauben doch wohl nicht den böswilligen Zungen!«
»Natürlich nicht. Aber wenn du mir erzählst, was du mir erzählst! …«
»Ich hab doch nur einen Scherz gemacht, Padre Pirotta.«
»Erfüllt ihr eure ehelichen Pflichten?«

»Naja... ich weiß nicht... was meinen Sie damit?«
»Tut ihr, was Mann und Frau tun?«
»Das schon.«
»Tut ihr's oft?«
»Drei-... viermal.«
»In der Woche?«
»Macht Ihr einen Witz? Natürlich am Tag.«
»Vom Teufel besessen ist er. Arme Taninè!«
»Wieso arme Taninè? Ich mag's doch gern.«
»Was hast du gesagt?«
»Daß ich's gern mag.«
»Taninè, willst du denn deine Seele aufs Spiel setzen? Du darfst das nicht gern mögen!«
»Aber wenn ich's doch nun mal gern mag, was soll ich denn machen?«
»Dann machst du es so, daß du's nicht gern magst. Lust zu empfinden, schickt sich nicht für eine anständige Frau! Du darfst das mit deinem Manne nur in der Absicht machen, Kinder zu bekommen. Habt ihr noch keine Kleinchen?«
»Nein, nicht, sie kommen nicht, aber wir wollen welche.«
»Hör zu, Taninè. Wenn du mit deinem Manne diese gewisse Sache da tust, dann wiederhole dir im Geiste: ›Das tu ich nicht zu meinem Vergnügen, sondern um Gott ein Kind zu schenken.‹ Verstanden? Die Frau, die Gattin darf kein Vergnügen empfinden, weil sich sonst die Beziehung mit dem Ehemanne schlagartig verändert und zur Todsünde wird. Die Frau darf keine Freude dabei empfinden, sie muß sich fortpflanzen.«
»Padre Pirotta, ich kann das, was Sie mir gesagt haben, nicht sagen.«
»Und wieso nicht, heilige Jungfrau?«
»Weil es eine Lüge wäre, die ich unserem heiligen Herrgott sagen würde. Auch wenn Pippo mich von hinten nimmt ...«
»Eh nein, das geht nun wirklich nicht! Das ist Sünde!

Die Kirche betrachtet es als Sünde, es mit dem Mann von hinten zu machen, obwohl Kinder natürlich auch so geboren werden können.«

»Was sagen Sie denn da? Wie soll das denn gehen? Da, wo er ihn reinsteckt, da kommen doch keine Kinder raus!«

»O heilige Jungfrau! Willst du mir etwa sagen, er macht's ins andere Gefäß?«

»Was denn für ein anderes Gefäß, Herrje!«

»Er ist so wahrhaft ein Sozialist, wie Gott wahr ist!«

»Herrje, was hat denn der Sozialismus mit dem Gefäß zu tun, wie Euer Wohlgeboren das nennt?«

»Hat er! Und wie er das hat! Ihn ins andere Gefäß zu stecken, ist wider die Natur! Und wider die Natur ist auch der Sozialismus!«

C (*Pippo – Commendatore Longhitano – Calogerino*)

»Commendatore, Sie müssen mir verzeihen, wenn ich Sie zu Hause störe, aber ich konnte einfach nicht an mich halten.«

»Ist was passiert?«

»Ja sicher ist was passiert. Heute morgen habe ich einen Brief von Signor Caltabiano erhalten, in welchem er mir zu verstehen gibt, daß er schnellst möglich einen Landvermesser für die Berechnungen aus Palermo herschickt.«

»Das bedeutet, daß Orazio Rusotto seine Pflicht getan und die Sache geregelt hat. Und damit wächst auch meine Schuld ihm gegenüber.«

»Und ich bin da, um meine Schuld gegenüber Euer Wohlgeboren abzutragen. Ich habe die richtige Adresse von Sasà La Ferlita.«

»Woher wollen Sie wissen, daß Sie diesmal die richtige Adresse haben? Hab ich dich eigentlich geduzt oder gesiezt?«

»Geduzt, Don Lollò. Die Adresse hat mir, ohne Sasàs Wissen, ein gemeinsamer Freund geschrieben. Hier hab ich den Brief. Sehen Sie ihn sich an. Haben Sie ihn sich angesehen? Gut. Um eine Bestätigung für die Richtigkeit zu haben, bin ich neulich zur Präfektur nach Montelusa gefahren, wo ein Bruder von Sasà arbeitet. Ich hab ihm gesagt, daß ich mit Sasà wieder Frieden schließen wolle, der glaubte mir und bestätigte sie. Mithin haben mir zwei Personen, ohne vom anderen zu wissen, dasselbe gesagt.«

»Dann stimmt diese Adresse also?«

»Vicolo delle Croci Nummer fünf, bei Familie Panarello. Wie Sie sehen, ist es mir gelungen, meine Schuld gegenüber Euer Wohlgeboren abzutragen.«

»Nicht so voreilig, Pippo.«
»Ist sie etwa nicht abgetragen?«
»Nur aufs Wort. Aber richtig abgetragen ist sie erst, wenn ich diesen riesengroßen Hurenbock gefunden habe.«
»Diesmal schnappen Sie ihn, das ist so sicher wie der Tod. Apropos, wenn Sie ihn erwischen, was machen Sie dann mit ihm?«
»Warum hast du nach dem Wort Tod ›apropos‹ gesagt? Was für ein Scheißgedanke geht dir durch den Kopf?«
»Don Lollò, ich bitte um Verzeihung. Ganz aufrichtig. Nichts ging mir durch den Kopf. Aber weil Sasà nun einmal, trotz allem, mein Freund ist...«
»Pippo, reden wir doch Klartext. Du hast Sasà verkauft, und ich hab ihn mir gekauft. Richtig?«
»Richtig, Don Lollò.«
»Wenn ich mir nun etwas kaufe, gehört es mir und ich mache damit, was ich will. Richtig?«
»Richtig, Don Lollò.«
»Denk darüber nach, Pippo. Auf Wiedersehen.«
»Küß die Hand, Don Lollò.«

...

»Calogerino, komm mal her!«
»Da bin ich schon, Don Lollò.«
»Hast du alles mitangehört?«
»Jaja. Vicolo delle Croci fünf, bei Panarello. Ich fahre jetzt gleich noch nach Palermo.«
»Nein.«
»Ich soll nicht fahren?«
»Nein, wir wiederholen nicht den gleichen Scheiß noch einmal. Wenn es wahr ist, was ich glaube, dann wird Pippo Genuardi in genau diesem Augenblick Sasà warnen, vielleicht mit einem Telegramm, und der verschwindet gleich wieder. Du läßt diesmal ungefähr zehn Tage

verstreichen, und dann tauchst du, wenn schon keiner mehr dran denkt, unversehens im Vicolo delle Croci auf. Wenn du ihn dort nicht antriffst, gehst du zum Corso Tukory, und wenn er da auch nicht ist, gehst du zur Piazza Dante und siehst nach. Mit einem Wort, du gehst alle seine Wohnungen rückwärts durch.«

»Don Lollò, Sie haben wirklich einen scharfen Verstand! Und wenn ich ihn finde, was mach ich dann mit ihm?«

»Zerschneid ihm das Gesicht. Das reicht.«

»Aber wo ich doch schon mal da bin...«

»Nein, Calogerino. Ich fürchte Pippo Genuardi. Wenn er weiß, daß Sasà La Ferlita umgebracht worden ist, dann wird er möglicherweise Gewissensbisse bekommen und sich irgendeinen Geniestreich einfallen lassen.«

D

(Polizeipräsident – Polizeileiter Spinoso)

»Ich danke Ihnen, Signor Spinoso, für Ihren erschöpfenden Bericht über die Situation des Hafens von Vigàta. Ich werde ihn gebührend berücksichtigen. Wenn Sie nichts anderes mehr haben, können Sie gehen. Ich sehe, Sie zögern. Haben Sie mir noch etwas zu sagen?«
»Herr Polizeipräsident, wenn ich rede, dann nur, um vorzubauen. Sehen Sie, im Ort ist eine Fama aufgekommen...«
»Wie bitte?«
»Ein Gerücht, Herr Polizeipräsident. Ich bin keiner, der etwas auf Gerede gibt, aber wenn diese Geschichte Tenente Lanza-Turò zu Ohren kommt, dann ist der fähig, einen zwanzig Seiten langen Bericht darüber zu stricken, ihn an S. E. den Präfekten zu schicken und dann sind wir wieder bei Null.«
»Dann handelt es sich also um Genuardi!«
»Ganz richtig. Was soll ich tun? Erzähle ich sie Ihnen?«
»Na, hören wir mal!«
»Padre Pirrotta hat Signora Taninè, die bei ihm gebeichtet hatte, die Absolution verweigert. Die Sache hat im Ort großes Aufsehen erregt.«
»Das muß ich genauer begreifen. Dieser Padre Pirrotta soll gesagt haben, er habe...«
»Nein, Herr Polizeipräsident, Padre Pirrotta hat öffentlich gar nichts gesagt. Aber er ist jemand, der leicht aufbraust, er verliert die Ruhe und fängt dann an zu schreien. Als das geschah, stand in der Nähe des Beichtstuhls die Witwe Rizzopinna und wartete darauf, daß sie an die Reihe kommt. Diese Frau ist eine furchtbare Tratsche.«
»Was bitte?«

»Eine, die sich in die Angelegenheiten anderer einmischt und sie weitererzählt. Sie hat die ganze Geschichte zwischen Padre Pirrotta und Signora Genuardi mit angehört und im Nu alles im Ort rumerzählt.«

»Aber was hat denn Signora Genuardi so Schlimmes getan?«

»Es scheint so, daß der Genuardi Filippo, jedesmal, wenn er seinen ehelichen Pflichten nachkommt, sein Glied rot anmalt, um wie ein Teufel auszusehen und seine Frau widernatürlich zu besitzen. Dabei brüllt er: Es lebe der Sozialismus!«

»Was hat das denn mit Signora Genuardi zu tun?«

»Es scheint, daß sie lustvoll zustimmt.«

»Ach, gehen Sie! Seien Sie ernst! Glauben Sie etwa so einen Unsinn?«

»Ich nicht, aber die Leute schon. Und wollen Sie noch etwas wissen, Herr Polizeipräsident? Wenn außer den Carabinieri nun auch noch die Kirche hinter Genuardi her ist, dann seh ich den Mann ziemlich deutlich durch die Wurstmaschine gehen, verzeihen Sie den Ausdruck.«

E

(Tenente Lanza-Turò – General Saint-Pierre)

»Tenente Gesualdo Lanza-Turò zum Rapport, Signor Generale!«
»Teuerster Tenente! Rühren Sie sich, rühren Sie sich. Wissen Sie, daß ich im vergangenen Monat in Rom, im Salon der Marchesi Baroncini, das Vergnügen hatte, der Signora Contessa, Ihrer Mutter, zu begegnen? Eine wunderschöne Frau, Ihre Mutter, Tenente!«
»Wie geht es Mamà, Generale?«
»Gut, mein Sohn. Die Signora Contessa hat mir zu verstehen gegeben, daß sie nur einen Kummer hat, nämlich den, daß Sie so weit von ihr weg sind.«
»Damit muß sie sich abfinden. Die Pflicht.«
»Hören Sie, Tenente, ich habe beschlossen, den Wünschen der Signora Contessa entgegenzukommen.«
»Das heißt?«
»Machen wir es kurz, das ist besser. Sie werden nächsten Monat nach Neapel gehen. Sie werden Ihren Dienst bei Colonello Albornetti antreten, einem tapferen Offizier. Bin ich nicht tüchtig gewesen? Die Signora Contessa wird darüber glücklich sein.«
»Mit Ihrer Erlaubnis, Generale Saint-Pierre, ich bin es ein bißchen weniger.«
»Aber wieso denn, mein Sohn?«
»Hat bei dieser meiner Versetzung vielleicht der Herr Polizeipräsident von Montelusa seine Hand im Spiel?«
»Lassen Sie das, Tenente, das ist besser.«
»Es ist mein Recht zu erfahren, wo ich einen Fehler gemacht habe.«
»Aber Sie haben keinen Fehler gemacht! Und nun reden wir nicht mehr weiter darüber. Das wird ja sonst so lang wie ein Tag ohne Brot!«

»Ich erlaube mir zu beharren.«
»Tenente, lassen Sie…«
»Sie können eine Inspektion schicken, die…«
»Nun reicht es aber! Inspektion, Inspektion! Sie sind ein Hornochse, wollen Sie das endlich kapieren oder nicht? Ein Trottel! Bevor ich diese Entscheidung getroffen habe, habe ich mit Ihrem Vorgesetzten, Maggiore Scotti, gesprochen. Ich erspare Ihnen, was er mir gesagt hat. Sie haben einen derartigen Dickschädel, daß Sie eine ganze Mauer niedertrümmern können! Trampeln Sie mir nicht länger auf den Eiern rum und danken Sie der Signora Contessa, Ihrer Mutter, wenn ich Ihnen keine Festungshaft verpasse!«
»Zu Befehl, Signor Generale.«

Geschriebenes vier

MINISTERIUM FÜR DAS POST- UND TELEGRAPHENWESEN

Regionalverwaltung – Via Ruggero Settimo 32 – Palermo

An den
Hochgeehrten Herrn
Filippo Genuardi
Via Cavour Nr. 20
Vigàta

Palermo, am 1. Februar 1892

Geehrter, theurer Freund,
nach dem viel zu kurzen, wiewohl äußerst angenehmen Aufenthalte in Vigàta für die Inaugenscheinnahme und die Vermessungserhebungen habe ich mich gleich an die Vervollständigung der Berechnungen hinsichtlich des Verlaufes der Telephonleitung gemacht, um auf diese Weise wenigstens theilweise die ausgesuchte Freundlichkeit zu erwidern, mit der Sie mir begegnet sind.

Ich halte es jedoch für meine Pflichte, folgendes vorauszuschicken: Würden Sie eine Leitung haben wollen, die von Ihrem Lager zu dem Ihres Schwiegervaters geht, wäre alles wesentlich einfacher. Da Sie aber eine Verbindung mit der Wohnung desselben zu haben wünschen, treten für den Verlauf der Leitung einige Probleme auf, insofern als diese Wohnung eine Villa außerhalb des Ortes im Ortstheile Infurna ist. Jedenfalls habe ich, anhand der topographischen Karte und entsprechend dem Grundsatze, daß eine Gerade der kürzeste Weg zwischen zwei Punkten ist, ein Schema für die Errichtung der Masten entworfen, welches ich Ihnen als Kopie beifüge.

Da die Entfernung zwischen Ihrem Lager und der Villa Ihres Schwiegervaters genau drei Kilometer beträgt und wir, auf Grund unverrückbarer Vorschriften von höchster Stelle, gehalten sind, nach jeweils fünfzig Metern Kabel einen Mast zu errichten, ergibt sich daraus die Summe von achtundfünfzig (58) Masten. Auf der beigefügten Karte habe ich mittels Pünktchen in roter Tinte die Stellen markiert, an denen die Masten errichtet werden sollen. Selbstverständlich müssen die Masten und das Kabel bei dieser Verwaltung angefordert werden, welche diese gegen Vorauszahlung liefert. Auch der Transport auf dem Schienenwege geht zu Ihren Lasten.

Die Errichtung der Masten und die Anbringung des Kabels ist keine einfache Operation, die von jedwedem ausgeführt werden könnte. Ein wie auch immer kleinster Fehler kann die gesamte Arbeit zunichte machen. Ich schlage Ihnen daher vor, sich zum gegebenen Zeitpunkte an mich zu wenden.

Sie müssen sich nun vom Katasteramte die entsprechende Karte geben lassen und aus dieser die Namen der verschiedenen Eigenthümer entnehmen, deren Parzellen durch den vorgeschlagenen Mastenverlauf berührt werden, und sich mit diesen über die Bewerthung des Wegerechtes vereinbaren. Da es sich um eine Leitung zum privaten Gebrauche handelt, ist eine Mitwirkung seitens der Gemeinde nicht vonnöthen und noch viel weniger seitens der Präfektur (Enteignung).

Übersenden Sie uns die (notariell beglaubigten) Vereinbarungen mit den verschiedenen Eigenthümern. Sobald wir in deren Besitze sind, werde ich Ihnen erklären, in welcher Form Sie den Antrag für die Errichtung der Masten stellen müssen.

Mit herzlichsten Grüßen

Der Leitende Landvermesser
(*Pulitanò Agostino*)

P. S. Als ich Dottor Caltabiano erzählte, auf welche Weise Sie mich während meines Aufenthaltes in Vigàta mit Speisen und Trank verköstigt haben, fehlte nicht viel, und er wäre ohnmächtig zu Boden gesunken. Um des Himmels willen, thun Sie etwas: Lassen Sie ihn nicht vor Neid sterben!

FIRMA SALVATORE SPARAPIANO
Sägewerk – Holzgroßhandel – San Volpato i. d. Madonie

Herr
Filippo Genuardi
Holzlager
Vigàta

San Volpato, am 2. Februar 1892

Hochwerther Herr,
seid drei Jaren beziehen Sie von meiner Firma das Holtz, welch selbiges Sie in Vigàta zum Verkaufe bringen. In diesen drei Jaren unserer Handelsbezieungen hat unsere Firma sich nicht über Sie beglagen können, ausser der einen oder anderen verspähtet bezahlten kleinen Rechnung.

Ich wendte mich mit diesem Schreiben an Sie, um Ihnen mit zu theilen, das unsere Firma künftighin nichts mehr mit Ihnen zu thun haben will und Sie sich in Folge dessen einen anderen Grosshändler suchen können.

Der Grundt für diese Entscheidung der Firma hat nichts mit unseren Geschäften oder mit Mangel an Vertrauen zu thun. Im Gegentheile, Sie waren uns, trotz der einen oder anderen verspähtet bezahlten kleinen Rechnung, ein stehts willgommener Gunde.

Sie haben keine Veranlassung zu wissen, wie die Verhältnisse in meiner Familie sind, und deshalb will ich es Ihnen erklären. Der Vatter meines Vatters, Gesualdo Sparapiano, war immer gegen die verhaßten Bourbonen eingestählt und hat das mit dem Zuchthause bezahlt und mit Herumirren im Auslande, genauer gesagt: Marsäj in Frankreich. Mein gottseeliger Vatter, Michele Sparapiano, der unter dem Befehl von Major Dezza standt, der wiederum ein Untergebener von General Nino Biscio war, gehörte zu den Garibaldienern, wo die Revolte von Bronte erstickten. Und auf diese That war mein Vatter sein ganzes Leben lang stoltz, weil die Bronter, wie General Biscio sagte, schuldig waren, die Menschlichkeit verletzt zu haben. Dieses alles erwähne ich nicht, um meine Familje herauszustellen, sondern um Ihnen zu sagen, was wir über Ihre Person und Ihre Denkungsart erfahren haben.

Ein annonümer Brief informierte uns darüber, daß Sie sich mit Leuten abgeben, die unser Land nicht lieben und sich ein Mal Anarschisten, ein ander Mal Sozialisten nennen und unsere Weiber, Häuser und Eigenthümer unter sich aufzutheilen gedenken.

Die Sparapianos wollen mit Leuten dieser Denkungsart, die Krankheiten hervorruft und Hunger, Untergang und Todt mit sich bringt, nichts zu thun haben. Da die Sparapianos aber Leute sind, die in den Angelegenheiten des Lebens bedachtsam vorgehen und die Dinge von der einen wie von der anderen Seite betrachten, haben wir an den Tenente der Carrabineri von Vigàta geschrieben und Auskünfte erbethen, welcher Denkungsart Sie zugehören, und wenn der Brief des Tenente auch nicht ausdrücklich sagte, wie Sie denken, so konnte man daraus doch entnehmen, wie Sie denken. Auch wenn die Worte sich wie ein Schweineschwäntzchen kringelten und wandten, bedeutheten sie letzten Endes das, was sie bedeuthen sollten.

Da nun aber anständige Männer vielleicht auch etwas gegen die Carrabineri einzuwänden haben, wurde eine Cusiene meiner Frau, Signora Vento Giuseppa, die seid ihrer Hochzeit in Montelusa wohnt, von mir beauftragt, die Mühe auf sich zu nehmen, an einem Feiertage nach Vigàta zu fahren und mit dem Pfarrer namens Pirrotta zu sprechen. Als Signora Vento Giuseppa Ihren Namen, nämlich Genuardi Filippo, erwähnte, hob Padre Pirrotta seine Augen verzweifelt zum Himmel empor und machte drei Mal das Zeichen des Heiligen Kreutzes.

Dieses zu Ihrer Kenntnis.

Daher müssen Sie sich damit abfindten, daß die Firma Sparapiano Ihnen kein Holtz mehr liefert.

Wir verbleiben in Erwartung einer Restzahlung von Lire siebenhundert für frühere Lieferungen

mit ergebenen Grüßen
Sparapiano Salvatore

STAATLICHE POST- UND TELEGRAPHENVERWALTUNG
Bureau für die Entgegennahme von Telegrammen
Fela

TELEGRAMM

Wörter: 81 Bestimmungsort: VIGÀTA
Tag: 6/2 Zeit: 11.30
Name und Adresse des Empfängers:
CAVALIERE EMANUELE SCHILIRÒ, ORTSTHEIL INFURNA

ZUFÄLLIG SIGNORA ENRICHETTA SCHWESTER IHRER GATTIN SIGNORA LILLINA GETROFFEN WELCHE SICH ZUM POSTAMTE BEGAB UM IHNEN TELEGRAMM ZU SCHICKEN HABE DIES ÜBERNOMMEN STOP SIGNORA LILLINA THEILT IHNEN MIT IHR SEI LEICHT UNWOHL UND KANN ZUM VORGESEHENEN ZEITPUNKT NICHT NACH VIGÀTA ZURÜCKKEHREN STOP SIE IST GENÖTHIGT NOCH EIN PAAR TAGE IN FELA ZU BLEIBEN STOP BITTE INFORMIEREN SIE TANINÈ ÜBER MEINE RÜCKKEHR DIENSTAG NÄCHSTER WOCHE STOP DANK UND GRUSS

FILIPPO GENUARDI

Name und Adresse des Absenders:
FILIPPO GENUARDI
HOTEL CENTRALE FELA

»LA GAZZETTA DI PALERMO«
Tagblatt

Hg. G. Romano Taibbi 7. Februar 1892

EINE RÄTSELHAFTE VERLETZUNG

Als Signor Bruccoleri Antonio gestern morgen um sieben Uhr seine Wohnung verließ, um zur Arbeit zu gehen, bemerkte er, daß die Thüre zur Nebenwohnung offen stand. Erstaunt betrat er die seit drei Jahren unbewohnte und völlig unmöblierte Wohnung und fand eine auf Grund einer deutlich sichtbaren Kopfwunde ohnmächtig gewordene Person auf dem Boden liegend vor. Er benachrichtigte die Kgl. Carabinieri. Der Unbekannte wurde ins San Francesco-Hospital eingeliefert, wo man eine große rechts parietale Riß- und Quetschwunde diagnostizierte. Der Mann, der ohne Ausweisdokumente war und sich im Zustande der Verwirrung befandt, hatte weder Angaben zu seiner Person machen noch die Umstände seiner Verletzung erklären noch die Gründe benennen können, weshalb er in die verlassene Wohnung in der Via delle Croci 5 gegangen ist. Diese Wohnung gehörte einmal Signor Eusebio Panarello, der mit seiner Familie vor drei Jahren nach Catania verzogen ist.

Die Königlichen Carabinieri ermitteln in dem Falle.

KÖNIGLICHES KATASTERAMT VON MONTELUSA
DER DIREKTOR

An den
Hochwerthen Herrn
Filippo Genuardi
Via Cavour Nr. 20
Vigàta

Montelusa, am 10. Februar 1892

Hochgeehrter Freund,
ich war zutiefst bewegt und betroffen über das erlesene Geschenk, das Ihre Gattin meiner kleinen Tochter Ninnina anläßlich ihrer Heiligen Firmung gemacht hat.

Ich beeile mich, Ihnen die Namen der von der Mastenerrichtung betroffenen Parzelleneigenthümer mitzutheilen.

1. Giacalone Mariano, Via America 4, Vigàta, für die Parzellen 12, 13, 14, 27.

2. Erbengemeinschaft Zappalà Stefano in den Personen der: Zappalà Agatina, verheiratete Graceffo, Via Cinque Giornate 102, Neapel; Zappalà Vincenzo, Via del Forno 8, Vigàta; Zappalà Pancrazio, Via Risorgimento 2, Montelusa; Zappalà Costantino, Via Giambertone 1, Ravanusa; Zappalà Ersilia, verheiratete Piromalli, Via Barònia 8, Reggio Calabria, allesamt Miteigenthümer der Parzelle 18.

3. Mancuso Filippo, Via della Piana 18, Vigàta, für die Parzellen 108, 109, 110.

4. Giliberto Giacomo, Via dell'Unità d'Italia 75, Vigàta, für die Parzellen 201, 202, 203, 204, 205, 895, 896.

5. Lopresti Paolantonio, 2005 Helmuth Street, New York, Vereinigte Staaten, für die Parzellen 701, 702.

Um Sie zufriedenzustellen, habe ich fieberhaft gearbeitet. Sie werden sich vorstellen können, daß die Erledigung des Vorganges auf bürokratischem Wege Monate und Monate gebraucht hätte. Daher bin ich glücklich, Ihnen zu Diensten gewesen sein zu können.

Danken Sie bitte noch einmal Ihrer Gattin für das wunderschöne Geschenk. Ihnen ein fester Händedruck von mir.

Cataldo Friscia

ADVOKAT NICOLA ZAMBARDINO
Viale della Libertà 2 – Palermo

An den
Hochverehrten Commendatore
Calogero Longhitano
Vicolo Loreto 12
Vigàta

Palermo, am 12. Februar 1892

Hochverehrter Commendatore,
mein immer noch einsitzender Mandant und Kollege Orazio Rusotto hat mich wissen lassen, daß Sie Mittheilungen über den Unbekannten zu haben wünschen, der vor ein paar Tagen in einer leer stehenden Wohnung in der Via delle Croci Nr. 5 gefunden wurde, da er befürchtet, daß es sich bei diesem um einen entfernten Verwandten von Ihnen handelt, der den Namen Calogerino Laganà trägt. Leider muß ich Ihnen mittheilen, daß sich Ihre Befürchtung als begründet herausgestellt hat. Aber ich habe gleichwohl auch das Vergnügen, Ihnen die freudige Nachricht geben zu können, daß Ihr entfernter Verwandter in Bälde aus dem Hospital entlassen wird, da er sich auf dem Wege der Besserung befindet. Er leidet zwar immer noch an rasenden Kopfschmerzen (man hat ihn mit zwanzig Stichen nähen müssen!) und an momentanem Gedächtnisverlust. Da strafrechtlich nichts gegen ihn vorliegt, kann er, sobald er das Hospital verläßt, nach Vigàta zurückkehren.

Hinsichtlich der Abfolge der Dinge scheint er sich an folgendes erinnern zu können: Da er sich geschäftlich in Palermo aufhielt, wollte er sich gerne mit einem Freunde treffen, den er schon seit Urzeiten nicht mehr gesehen hatte, und von welchem er wußte, daß dieser in der Via delle Croci Nummer 5 wohnte. Auf der ersten Etage angekommen, bemerkte er die weit offen stehende Thüre einer Wohnung und beschloß, dort einzutreten, um weitere Auskünfte zu erfragen. Kaum hatte er einen Fuß in die Wohnung gesetzt, traf ihn ein schwerer Schlag mit einem stumpfen Gegenstand am Kopfe, was sicherlich das Werk eines Einbrechers war, denn als Signor Laganà später im Hospital erwachte, mußte er verbittert feststellen, daß seine Brieftasche und alles, was er bei sich trug, verschwunden war.

Signor Laganà grüßt Sie herzlich. Er hat weiter keinen Bedarf.

Ich stehe Ihnen in jedem Falle weiter zur Verfügung.

Der Freude darüber Ausdruck gebend, daß ich Ihnen dienlich sein konnte, wollen Sie bitte, hochverehrter Commendatore, meiner höchsten Achtung versichert sein.

Nicola Zambardino

G. NAPPA & G. CUCCURULLO
Advokatenkanzlei – Via Trinacria 21 – Montelusa

An den
Hoch Geehrten Herrn
Filippo Genuardi
Via Cavour 20
Vigàta

Montelusa, am 14. Februar 1892

Sehr geehrter Herr,
Sie haben sich schriftlich mit der Bitte an uns gewandt, diese Kanzlei möge in Ihrem Namen zwei Aufgaben von ziemlich unterschiedlichem Charakter übernehmen, die man jeweils gesondert erwägen muß.

Die erste betrifft Ihren deutlich geäußerten Willen, den Rechtsweg wegen übler Nachrede gegenüber:
a) dem Kommando der Kgl. Carabinieri von Vigàta;
b) dem Pfarrer Don Cosimo Pirrotta von Vigàta;
c) dem Signor Salvatore Sparapiano von San Volpato in den Madonìe-Bergen

zu beschreiten.

Zu Punkt a:
Unserer Erinnerung nach ist noch nie ein Prozeß gegen eine Aussage der Kgl. Carabinieri angestrengt worden, weil diese mit äußerster Gewissenhaftigkeit im Rahmen der ihnen übertragenen Funktionen thätig sind.

Der Prozeß, der für Sie aller Wahrscheinlichkeit nach einen negativen Ausgang nehmen würde, würde Sie zudem in ein schlechtes Licht rücken und in gewisser Weise den Verdacht erhärten, der auf Ihnen lastet, nämlich den der Zugehörigkeit zu subversiven Bewegungen.

Zu Punkt b:
Wenn der Pfarrer von Vigàta die Augen zum Himmel hebt und sich bekreuzigt, vollführt er damit keine außerhalb des Normalen liegende Handlung, vielmehr ist dies eine Art sich zu äußern wie jede andere. Ähnliche Verhaltensweisen sind Priestern, Nonnen und Mönchen gemeinsam, wie es Hunderttausende bezeugen könnten. Die Beziehung (das heißt, daß der Pfarrer diese Geste bei der Nennung Ihres Namens empört ausgeführt habe) ist vor Gericht nicht ohne weiteres beweisbar.

Zu Punkt c:
Der Firma des Signor Salvatore Sparapiano steht es absolut frei, ihre Ware an den zu verkaufen, an den sie will. Im vorliegenden Falle können die von Ihnen angeführten Gründe zwar fragwürdig, aber keineswegs verletzend sein. Ein Advokat der Gegenpartei könnte leicht nachweisen, daß die Wörter »Anarchist« und »Sozialist« nicht nothwendigerweise mit Dieb und Mörder gleichbedeutend sind.

Letztendlich sind wir der festen Überzeugung, daß die drei Prozesse wegen übler Nachrede sich zweifellos gegen Sie selbst wenden würden.

Unsere Kanzlei mag sich außerdem nicht für Prozesse einsetzen, die sie von vornherein für verloren hält.

Die zweite Aufgabe, mit der Sie uns zu betrauen beabsichtigen, ist die Anfrage um die Erlaubnis für die Errichtung von Masten bei den verschiedenen Eigenthümern, deren Grundstücke vom Verlauf der Telephonleitung berührt werden.

Zu diesem Zwecke fügen Sie eine Namensliste der Grundstückseigenthümer bei.

Gegen diese zweite Aufgabe erhebt diese Kanzlei keine Einwände und ist glücklich, sich ihrer anzunehmen.

Sie setzen uns davon in Kenntnis, daß Sie sich, soweit es um Signor Giacalone Mariano und Signor Mancuso Filippo geht, selbst um die Lösung der Frage kümmern könnten. Dies vereinfacht unsere Arbeit bereits beträchtlich. Ebenso bitten Sie uns, uns nicht um Signor Giliberto Giacomo zu kümmern, wofür Sie private Gründe anführen.

Dürfen wir daraus schließen, daß Sie es sich angelegen sein lassen wollen, Kontakte zu dem Vorgenannten aufzunehmen?

Unserer Kanzlei obläge demnach die Erledigung der Signor Paolantonio Lopresti und die Erbengemeinschaft Zappalà betreffenden Vorgänge.

Diesbezüglich möchte ich Sie darauf hinweisen, daß zwei der Personen, mit denen wir uns in Verbindung setzen müssen, außerhalb der Grenzen des italienischen Staates wohnen, eine in Paris und die andere gar in New York. Andere wohnen in Neapel, Ravanusa und Reggio Calabria.

Dies alles ist zweifellos nicht innerhalb kurzer Zeit zu bewerkstelligen, es sei denn, man nimmt den günstigsten Fall an, daß alle zustimmen. Im Falle einer nicht unverzüglichen Zustimmung oder gar Weigerung könnten sich die Verhandlungen in die Länge ziehen.

Überweisen Sie uns einen Mindestbetrag von Lire dreihundert für die anfänglichen Spesen.

Hochachtungsvoll

für die Advokatenkanzlei Nappa & Cuccurullo
Advokat Giosuè Nappa

»IL PRECURSORE«

Politisches Tagblatt

Hg. G. Oddo Bonafede 15. Februar 1892

VORSÄTZLICHE BRANDSTIFTUNG IN VIGÀTA

In der vergangenen Nacht sind Unbekannte in den Abstellschuppen von Signor Filippo Genuardi in Vigàta eingedrungen, wo dieser sein motorisiertes Vierrad »Panhard« aufbewahrte. Dieses Gefährt ist in der Lage, eine Geschwindigkeit von über zwanzig Kilometern in der Stunde zu erreichen. Die Unbekannten haben dieses Gefährt mit Hilfe von Kalziumkarbid in Brand gesetzt, das sich in dem Lager befand und zur Herstellung von Azetylen dient. Mit diesem werden die Vorderlampen entzündet, mit denen das Vierrad ausgestattet ist.

Das Gefährt ist völlig verbrannt.

Wir bringen diese Nachricht, weil dieses Fortbewegungsmittel – das mit Sicherheit die Kommunikation in der Welt in absehbarer Zukunft revolutionieren wird – das einzige Exemplar auf unserer Insel war.

Polizei und Kgl. Carabinieri ermitteln, um die Urheber dieser zerstörerischen Unthat zu finden.

Gesagtes vier

A *(Commendatore Parrinello – Polizeipräsident)*

»Commendatore Parrinello! Danke, daß Sie gekommen sind.«
»Das ist doch selbstverständlich, Herr Polizeipräsident.«
»Wie geht es Seiner Exzellenz?«
»Immer noch eingewickelt wie eine Mumie. Das wird eine lange Geschichte.«
»Der Inspekteur ist wieder abgereist?«
»Ja, eben gestern. Er war sehr gewissenhaft und genau. Er hat auch den Unterpräfekten von Bivona lange befragt. Meiner Ansicht nach nimmt das alles ein ziemlich schlechtes Ende.«
»Für den Präfekten, meinen Sie?«
»Nein. Für den Unterpräfekten.«
»Nun bitt' ich Sie aber, Commendatore!«
»Nein, sehen Sie, der schlimme Sturz Seiner Exzellenz hat sich zu dessen Vorteile gewandelt. Da er weder sprechen noch schreiben konnte, hat er weder gesprochen noch geschrieben. Mithin keine Zahlen, keine sinnlosen Sätze, keine Ausbrüche gegen Subversive, wie er sie nennt. In den Augen des Präfekten Colombotto-Rosso, des Inspekteurs, war unser Dottor Marascianno lediglich ein armer Kerl, der einen Unfall hatte. Ansonsten war in der Präfektur alles in bester Ordnung, darum hatte ich mich schon gekümmert. Colombotto-Rosso hat nur unerhebliche Beanstandungen gemacht, einfach um sein Gesicht zu wahren, und er wird die Reise- und Aufenthaltskosten rechtfertigen, indem er den Kopf des Unterpräfekten fordert, schließlich ist der der Urheber der Anzeige.«
»Wollen Sie mir damit etwa sagen, daß wir in der Präfek-

tur weiterhin einen wildgewordenen Irren wie Marascianno behalten müssen? Und ausgerechnet jetzt, wo mir Gerüchte über große Bauernbewegungen zu Ohren gekommen sind!«

»Was soll ich Ihnen dazu sagen, Herr Polizeipräsident? So ist es nun mal.«

»Hören Sie, Commendatore, Sie werden es ja schon verstanden haben, daß ich mit der Dienstmagd schlafe.«

»Nein, das hatte ich nicht. Jedenfalls ist das Ihre Angelegenheit, Sie sind schließlich Ihr eigener Herr.«

»Aber woher, Parrinello, das ist nur eine Redensart in der Gegend, aus der ich komme. Sie bedeutet, daß ich gerne Klartext rede.«

»Verzeihen Sie das Mißverständnis.«

»Also, ich wollte Sie darüber in Kenntnis setzen, daß ich zwei Briefe erhalten habe. Einer ist von einem guten Freunde aus dem Ministerium. Ich hatte ihm geschrieben, und er hat mir geantwortet. Marascianno hat weder jemals eine erste Frau gehabt, die gestorben ist, noch eine zweite, die mit einem Liebhaber durchgebrannt ist. Marascianno ist unverheiratet, Junggeselle oder wie zum Teufel man sonst noch dazu sagt. Ich sehe, Sie sind nicht überrascht.«

»Das hatte ich schon vermutet.«

»Wieso?«

»Ich bin oft in der Wohnung Seiner Exzellenz gewesen, im obersten Stockwerk der Präfektur. Man sieht, daß er ein Mann ist, der nicht mit einer Frau an seiner Seite lebt. Manchmal…«

»… hat er Ihnen leid getan.«

»Er kam mir vor wie ein herrenloser Hund. Den gleichen Eindruck hatte auch meine Frau von ihm, als es mir einmal gelungen war, Seine Exzellenz zum Abendessen zu uns einzuladen. Als wir zu Bett gegangen waren, konnte meine Frau nicht einschlafen. Ich fragte sie, was sie habe, und sie antwortete mir, daß sie an den Präfek-

ten denken müsse. Und dann fragte sie mich: ›Bist du sicher, daß er verheiratet war?‹ Und nach einer Weile sagte sie zu mir: ›Steh ihm zur Seite, diesem Unglücksmenschen, dann tust du ein gutes Werk.‹ Und deshalb…«
»… haben Sie die Treppen eingeölt.«
»Was sagen Sie denn da?!«
»Hören Sie, ich habe Ihnen gesagt, daß ich mit der Dienstmagd schlafe.«
»Von mir aus können Sie auch mit einem Stockfisch schlafen, das kümmert mich einen Dreck! Aber erlauben Sie sich ja nicht…«
»Doch, ich erlaube mir. Hören Sie mir gut zu. Ich habe einen anonymen Brief erhalten. Irgend jemand, ganz sicher aus der Präfektur, behauptet, daß der Sturz Seiner Exzellenz nicht zufällig war, sondern durch die Tatsache hervorgerufen wurde, daß der Treppenabsatz und die ersten beiden Stufen mit Öl eingerieben worden waren.«
»Dieser anonyme Elendsbrief sagt auch, wer es war?«
»Er nennt keine Namen.«
»Sehen Sie? Ihr Verdacht mir gegenüber ist schlicht und einfach beschämend!«
»Commendatore, Sie vergessen, daß ich in allererster Linie ein Scherge bin. Daher bitte ich Sie also allen Ernstes. Der Verdacht, daß der Sturz Seiner Exzellenz absichtlich herbeigeführt wurde, ist mir weitaus früher gekommen als der anonyme Brief. Was für ein schöner Zufall das doch ist! Morgens wird eine Inspektion angekündigt und am frühen Nachmittag wird Seine Exzellenz in eine Lage versetzt, in der er weder reden noch schreiben kann. Ist es Ihrer Meinung nach die göttliche Vorsehung gewesen, die ihm zwar ein paar Knochen gebrochen, dafür aber die Karriere gerettet hat? Also, wirklich! Und außerdem haben Sie sich eben verraten, wissen Sie das? Ihre Worte des Erbarmens über Marascianno waren besser als ein Geständnis! Aber haben Sie denn keine Mi-

nute daran gedacht, daß sich der arme Kerl den Hals hätte brechen können?«

»Daran haben wir gedacht, Herr Polizeipräsident.«

»Was heißt das ›wir‹?«

»Ich und meine Gattin. Daraufhin hat meine Frau dem heiligen Calogero eine reiche Offerte gemacht und ihm erklärt, daß die Sache nur für einen guten Zweck war.«

»Meinen Sie das allen Ernstes?«

»Wir glauben an den heiligen Calogero, Herr Polizeipräsident. Na, und wie Sie sehen, hat es ja auch wirklich... Na, jedenfalls stehe ich zu Ihrer Verfügung, sagen Sie mir, was ich tun soll, und ich tu's, von der Selbstanzeige bis zur Demission.«

»Machen Sie sich doch nicht lächerlich! Nehmen Sie das hier, das ist der anonyme Brief. Wenn Sie ihn gründlich unter die Lupe nehmen, gelingt es Ihnen vielleicht, den Schreiber zu identifizieren, die Schrift will sich den Anschein geben, unbeholfen zu sein. Commendatore Parrinello, es war mir ein Vergnügen, Sie gesehen zu haben. Und grüßen Sie mir Ihre liebenswürdige Gemahlin, die zu kennen ich nicht das Vergnügen habe.«

»Herr Polizeipräsident, beehren Sie mich an einem der nächsten Abende zum Abendessen?«

B

(Giliberto – Pippo)

»Was fällt Ihnen eigentlich ein, Sie unverschämter Kerl, zu mir zu kommen? Verlassen Sie auf der Stelle mein Haus!«

»Signor Giliberto, hören Sie mir doch einen Augenblick zu…«

»Signor Genuardi, ich höre mir keine Sekunde lang Ihr Scheißgelabere an! Machen Sie, daß Sie fortkommen, andernfalls rufe ich die Carabinieri!«

»Na gut, dann wird Ihnen mein Advokat eben schreiben.«

»Advokat? Was soll denn das, ein Advokat? Schließlich bin ich es, der das Gesetz in Anspruch hätte nehmen sollen! Was für eine Unverschämtheit! Damals waren Sie gerade erst verheiratet, sind in dieses Haus eingezogen, in der Via dell'Unità d'Italia, in dieselbe Etage, Tür an Tür, Sie schienen so ungeheuer verliebt in Ihre Frau zu sein, daß meine Gattin sich die Ohren zustopfen mußte, um nicht zu hören, was Sie beide angestellt haben, wenn Sie im Bette lagen, und statt dessen! …«

»Signor Giliberto, wollen wir jetzt etwa wieder steinalte Geschichten aufwärmen?«

»Jawohl, mein Herr! Ich kann einfach das Gesicht meiner Tochter Annetta nicht vergessen, dreizehn Jahre war sie damals erst alt! Ein kleines Mädchen war sie noch, als sie mir erzählte, daß Sie, jedesmal wenn Sie ihr auf der Treppe begegneten, an ihrem Hintern rumtatschten! Dafür hätten Sie ins Zuchthaus kommen können! Dieses unschuldige Ding stieg zufrieden und ohne sich was zu denken die Treppe hoch und er, zack! die Hand auf dem Hintern! Bei meiner Tochter!«

»Gestatten Sie mir ein Wort? Das war doch alles nur im

Scherz. Wir machten gleiches Spiel. Annette setzte alles daran, daß wir uns begegneten, ließ sich berühren und nahm die halbe Lira, die ich ihr gab…«

»Jetzt wollen Sie sie, nachdem Sie die Gelegenheit ausgenützt haben, auch noch beleidigen! Was wollen Sie mir zu verstehen geben? Daß meine Tochter sich verkauft hat? Ich bring Sie um!«

»Signor Giliberto, legen Sie sofort das Messer hin, denn sobald Sie sich bewegen, erschieße ich Sie. Sehen Sie hier, den Revolver? Er ist geladen. Legen Sie das Messer hin, beruhigen wir uns und räsonieren wir. Genau so. Himmel nochmal! Also, abgesehen von der halben Lira, die mich jedes Tatschen gekostet hat, wissen Sie, warum Ihre Tochter Ihnen die Geschichte erzählt hat? Nein? Dann sag ich es Ihnen. Sie hatte den Preis nämlich erhöht, sie wollte eine Lira für einmal Tatschen, und das habe ich abgelehnt. Immer mit der Ruhe. Denken Sie dran, ich hab den Revolver. Und Sie, was haben Sie gemacht, als Sie es erfahren hatten? Haben Sie mich angezeigt? Haben Sie Krach geschlagen? Nein, mein Herr, gar nicht dran zu denken. Sie sind gekommen und haben ein Schmerzensgeld von zweitausend Lire gefordert. Das war viel. Aber ich hab's Ihnen gegeben? Stimmt das oder nicht?«

»Ja, das stimmt. Aber das habe ich getan, weil ich ein Herzensmensch bin, ich wollte Sie nicht für den Rest Ihres Lebens ruinieren, wie es gewesen wäre, wenn ich Sie ins Zuchthaus hätte werfen lassen.«

»Und die anderen zweitausend Lire, die Sie sechs Monate später wollten, als ich Ihre Tochter nicht einmal mehr mit dem Fernglas angeschaut hatte?«

»Damals brauchte ich dringend Geld, eine Notlage.«

»Und ich hab es Ihnen gegeben. Aber Sie haben einen Fehler gemacht.«

»Was für einen Fehler?«

»Sie haben mich schriftlich aufgefordert. Sie schickten

mir einen Brief. Den trage ich jetzt bei mir, und ich lese ihn Ihnen vor, damit Sie Ihr Gedächtnis ein bißchen auffrischen können. ›Signor Genuardi, Sie müssen mir unverzüglich zweitausend Lire geben, sonst erzähle ich die Geschichte zwischen Ihnen und meiner Tochter Ihrer Frau.‹ Wenn ich dieses Briefchen dem Polizeidienststellenleiter Spinoso bringe, verhaftet der Sie. Wissen Sie, wie man das nennt, was Sie getan haben? Erpressung.«
»Ja, aber Sie wandern ins Zuchthaus wegen des Mißbrauches Minderjähriger.«
»Langsam, verehrter Freund, immer langsam. Annetta ist doch jetzt verlobt, nicht?«
»Sie wird in eineinhalb Jahren heiraten.«
»Wenn diese Geschichte herauskommt, dann gute Nacht Verlobung, gute Nacht Hochzeit. Ich würde, weil ich nun schon mal verloren bin, herumerzählen, daß ich nicht nur ihren Hintern betatscht, sondern sie auch durchgefickt habe, und zwar nach allen Regeln der Sakramente. Ruhe. Keine Bewegung. Denken Sie nur an den Revolver. Und dann wird Ihre Tochter Annetta selbst unter den Kannibalen keinen Ehemann mehr finden. Hab ich mich klar ausgedrückt?«
»Vollkommen klar. Was, zum Teufel, wollen Sie von mir?«
»Sie müssen mir Ihre schriftliche Einwilligung geben, daß ich auf einem Stück Land, das Ihnen gehört, ein paar Masten aufstellen darf.«
»Gegen Bares?«

C (*Cavaliere Mancuso – Commendatore Longhitano*)

»Cavaliere Mancuso! Kommen Sie doch herein, kommen Sie.«

»Sie haben mich rufen lassen, und gleich bin ich hergekommen. Wenn Commendatore Longhitano befiehlt, steht Filippo Mancuso stramm!«

»Das ist ein guter Scherz, Cavaliere. Wer spricht denn hier von Befehlen! Es geht immer nur um Bitten, um allerbescheidenste Bitten. Es tut mir leid, daß ich Sie gebeten habe, den Weg von Vigàta hierher nach Montelusa auf sich zu nehmen. Aber, sehen Sie, ich bin seit ungefähr drei Wochen hier bei meinem Bruder Nino, der ist Arzt und kuriert mich.«

»Etwas Ernstes?«

»Gott sei Dank, nein. Aber in unserem Alter, Ihrem und meinem, ist es gut, wenn wir ein bißchen vorsichtig mit unserer Gesundheit umgehen. Wie geht es Ihnen?«

»Ich kann mich nicht beklagen.«

»Dann verdient es die Madonna, daß Sie ihr eine Kerze anzünden! Sie kennen doch das Sprichwort? ›Sind die siebzig erst vorbei, jeden Morgen ein Schmerzensschrei.‹«

»Das stimmt.«

»Ich will Sie nicht lange aufhalten, Cavaliere. Wenn ich Sie habe hierher kommen lassen, dann deshalb, weil ich heute morgen einen Brief von einem sehr lieben Freund und Menschen, wie es keinen anderen gibt, erhalten habe, nämlich vom Abgeordneten Palazzotto.«

»Der Ewige soll uns hundert Jahre alt werden lassen, damit wir dem Herrn Abgeordneten mit Hand und Kniefall danken für all das Gute, das er tut, auch dem, der es nicht verdient hat!«

»Hier ist der Brief. Ich lese ihn Ihnen vor. ›Bester Lollò, ich höre, daß es Dir gesundheitlich nicht besonders geht, und das thut mir außerordentlich leid. Ich hoffe, Du bist bald wieder auf der Höhe. Wir haben im Interesse unserer geliebten Heimaterde viel Arbeit gemeinsam zu bewältigen. Hinsichtlich Deiner Bitte um Anstellung des von Dir so warm empfohlenen Buchhalters Mancuso Alberto, Sohn des Mancuso Filippo, bei der Banco di Sicilia, will ich Dir mit großer Freude die Nachricht zukommen lassen, daß die Sache an einem guthen Punkte ist. In einigen Tagen wird er zu einem Gespräch in die Generaldirektion in Palermo eingeladen. Mit Signor Mancuso wird der Stellvertretende Generaldirektor Antenore Mangimi sprechen, er stammt aus Bologna, ist aber einer von uns. Daher besteht kein Grund zur Besorgnis. Komm bald wieder auf die Beine. Eine brüderliche Umarmung von Deinem Ciccio Palazzotto.‹ Aber was tun Sie denn da? Knien Sie etwa nieder?«

»Ja, ich knie nieder! Und ich will Ihre Hände küssen! Ich weiß ja gar nicht, wie ich Ihnen danken soll, ich stehe zutiefst in Ihrer Schuld! Was immer Sie wollen, ich stehe zu Ihrer völligen Verfügung!«

»Sie müssen mir glauben, Cavaliere, daß ich schon ungeheuer beschenkt bin, wenn ich Sie so zufrieden sehe! Das genügt mir. Ich will Ihre Zeit nicht länger in Anspruch nehmen. Ich hoffe nur, daß ich Ihnen bei unserer nächsten Begegnung sagen kann: Ihr Sohn ist von der Bank genommen worden. Ich begleite Sie zur Tür.«

»Um Himmels willen, Commendatore, machen Sie sich keine Mühe! Ich kenne den Weg ja.«

»Ach, entschuldigen Sie, nur einen Augenblick noch. Mir ist da gerade etwas eingefallen. Wissen Sie, daß Filippo Genuardi einen Antrag für eine private Telephonleitung zwischen ihm und seinem Schwiegervater gestellt hat?«

»Nein, das wußte ich nicht.«

»Wie es aussieht, soll ein Teil der Masten für das Kabel auf Ihren Grundstücken errichtet werden.«
»Kein Problem! Ich bin ein Freund seines Schwiegervaters Schilirò, und außerdem kenne ich Pippo seit seiner Geburt! Also: Kein Problem. Sie sollen ruhig so viele Masten errichten, wie er braucht.«
»Und doch gibt es da ein Problem.«
»Ach, ja?«
»Ja.«
»Und welches?«
»Daß diese Masten nicht auf Ihren Grundstücken errichtet werden dürfen.«
»Ach, nein?«
»Nein.«
»Kein Problem, Commendatore! Nicht einmal, wenn sie mich erschießen, lasse ich einen Mast errichten! Soll Filippo Genuardi sich die Hörner doch irgendwo anders abstoßen.«

D (*Pippo – Signora Giacalone – Mariano Giacalone*)

»Guten Tag, Signora. Ist Signor Giacalone zu Hause?«
»Wer sind Sie, entschuldigen Sie?«
»Ich bin Filippo Genuardi. Erinnern Sie sich nicht mehr an mich, Signora Berta? Sie kennen mich doch seit meiner frühesten Kindheit.«
»Ach, du bist es! Pippo! Entschuldige, mein Junge, aber das Alter trübt meinen Blick. Du hast geheiratet, nicht? Hast du Kinder? Kinder sind der Reichtum eines Hauses.«
»Nein, wir haben noch keine. Ist Signor Giacalone zu Hause?«
»Mein Mann? Mariano?«
»Ja, Signora, Signor Mariano, Ihr Mann.«
»Was soll ich dir sagen, mein Junge? Er ist da und er ist nicht da.«
»Was bedeutet das?«
»Das bedeutet, daß Mariano seit drei Tagen nicht mehr ganz klar im Kopf ist. Wenn man sich vorstellt, daß er bis vor drei Tagen noch wie ein junger Hüpfer war, und das bei seinen über achtzig Jahren. Vergangenen Montag beim Essen starrte er mich plötzlich an und sagte schließlich: ›Entschuldigen Sie, Signora, und wer sind Sie?‹ Ich fühlte, wie ich erstarrte. ›Ich bin Berta, deine Frau!‹ Nichts, es war einfach nichts zu machen. Erst als es schon Abend wurde, erkannte er mich wieder: ›Wo bist du eigentlich den ganzen heiligen Tag gewesen. Du hast dich überhaupt nicht blicken lassen.‹ Was für ein Unglück, mein Junge! Was wolltest du denn von meinem Mann?«
»Kann ich mit ihm sprechen?«
»Komm herein, aber heute ist nicht der richtige Augen-

blick. Ja, so ist es. Er ist immer noch in dem Zustand, sitzt im Sessel und will manchmal überhaupt nicht reden.«

»Wie fühlen Sie sich, Don Mariano?«

»Wer bist du denn?«

»Filippo Genuardi.«

»Beweisen Sie mir Ihre Indintirintät.«

»Ich habe nichts bei mir.«

»Wer soll mir denn dafür bürgen, daß du Filippo Genuardi bist? Und Sie, Signora, haben Sie bitte die Güte, nicht hier herumzulaufen, als würde die Wohnung Ihnen gehören, nur weil meine Frau nicht da ist.«

»O Heiliger Herr, ich bin doch Berta! Mariano, seit zweiundsechzig Jahren sind wir verheiratet!«

»Auch Sie, Signora, beweisen mir erst einmal Ihre Indintirintät.«

»Siehst du's jetzt, Pippo? Ich hab dir ja gesagt, heute ist nicht der richtige Augenblick.«

»Sie haben recht, Signora. Auf Wiedersehen, Signor Giacalone.«

»Wen grüßt du denn da? Wer ist dieser Giacalone?«

»Haben Sie den Arzt gerufen?«

»Natürlich.«

»Und was sagt er?«

»Er konnte mir nicht sagen, ob mein Mann noch einmal zu sich kommt. Jedenfalls hat es etwas mit dem Alter zu tun. Sag mir noch eins. Was wolltest du denn von Mariano?«

»Daß er ein Papier unterschreibt, die Erlaubnis, ein paar Masten auf seinem Grundstück zu errichten.«

»Wie soll er das denn unterschreiben? Wo er doch nicht mal mehr weiß, wer er ist! Machen wir folgendes, Pippo: Wenn er sich ein bißchen erholt hat und mich erkennt, laß ich sofort nach dir schicken, und du kommst mit dem Papier für die Unterschrift.«

»Ich wäre Ihnen sehr verbunden, Signora Berta.«

»Alles Gute, mein Junge.«
»Bis bald, hoffentlich, Signora.«

...

»Berta, ist dieser verdammte Tripperblödel von Pippo Genuardi gegangen?«
»Ja, gerade eben. Was meinst du, war die Darbietung gelungen?«
»Ich glaube schon. Er war doch richtig überzeugt. Aber eins sag ich dir: Morgen früh fahren wir nach Caltanissetta. Für einige Zeit wohnen wir bei unserem Sohn. Schließlich kann ich nicht immer in der Wohnung eingeschlossen bleiben und so tun, als wäre ich verrückt geworden, nur um Don Lollò Longhitano einen Gefallen zu erweisen!«

E

(Giacomo La Ferlita – Pippo)

»Signor La Ferlita, ich zähle bis drei, wenn Sie dann nicht aus meinem Lager verschwunden sind, reiße ich Ihnen den Arsch bis zum Stehkragen auf. Eins ...«
»Signor Genuardi, verstehen Sie doch, daß ich aus reinem Gewissensskrupel bei Ihnen vorstellig werde.«
»Sie reden von Gewissen? Nachdem Ihr Bruder Sasà, dieser gehörnte Sauknochen, mein Vierrad in Brand hat setzen lassen?«
»Ach, Sie glauben also, er wär's gewesen?«
»Ob ich das glaube? Dafür leg ich meine Hand ins Feuer.«
»Sie haben recht, Signor Genuardi. Aber nur indirekt.«
»Was heißt das?«
»Erlauben Sie mir vorher eine Frage. Lesen Sie die Zeitungen?«
»Nein.«
»Dann wissen Sie also nicht, was einem gewissen Calogerino Laganà in Palermo passiert ist?«
»Calogerino? Einem Mann von Don Lollò Longhitano? Nein, weiß ich nicht.«
»Haben Sie Commendatore Longhitano kürzlich gesehen?«
»Nein, ich hab ihn schon lange nicht mehr gesehen. Kann ich eigentlich mal wissen, warum Sie mir mit Ihrer Fragerei so auf die Eier gehen müssen?«
»Das erkläre ich Ihnen gern. Wir haben Sie in eine Falle tappen lassen, Signor Genuardi. Und mir ist erst klar geworden, wie gefährlich diese Falle war, nachdem Ihr Vierrad verbrannt worden war.«
»Von was für einer Falle reden Sie denn da?«
»Signor Genuardi, Sasàs dritte Adresse, ich meine die,

die Angelo Guttadauro Ihnen geschrieben hat und ich bestätigt habe, also die Via delle Croci 5, war falsch. Wir hatten uns abgesprochen, Sasà, Guttadauro und ich. Mein Bruder hatte nämlich die Überzeugung gewonnen und recht damit gehabt, daß Sie Longhitano jeden seiner Wohnungswechsel mitteilen würden. Und so wollte er einen Beweis dafür haben. Jede Nacht ging er in die Wohnung und wartete. Er hatte die Hoffnung schon aufgegeben, als dieser Calogerino schließlich ankam, von Don Lollò geschickt, um meinen Bruder zu verknüppeln. Sasà, der ihm zuvorkam, zertrümmerte ihm den Kopf und nahm ihm alles weg, was er bei sich hatte. Sozusagen als Schmarre. Zu Ihrer Information: Calogerino war mit einem Revolver und einem Messer bewaffnet.«

»Sagen Sie Sasà, er soll sich schon mal einen Sarg bestellen. Diesmal wird der Commendatore, wenn er ihn schnappt, zu Hühnerfutter verarbeiten.«

»Und Sie verarbeitet er zu Schweinefutter.«

»Mich? Was hab ich denn damit zu tun?«

»Sie haben eben überhaupt nichts begriffen! Rechnen Sie sich die Dinge doch einmal zusammen, Signor Genuardi. Beim ersten Male geht der Mann von Don Lollò zu der Adresse, die Sie weitergegeben haben, und trifft Sasà nicht an. Sie beschaffen sich die zweite Adresse, geben sie an den Commendatore weiter, dessen Mann fährt nach Palermo und wieder das gleiche mit Kartoffeln. Beim dritten Male wird dem Mann von Don Lollò eins auf die Hörner gegeben. Was soll nun der arme Commendatore eigentlich denken?«

»O heilige Jungfrau! O heiliger Joseph liebster! Ich bin verloren!«

»Haben Sie's jetzt endlich begriffen? Als erstes, überzeugt wie er ist, daß Sie ihn beim Arsch gepackt haben und mit Sasà unter einer Decke stecken, hat er ihr Vierrad verbrennen lassen. Jetzt ist mir der Gewissensbiß gekommen, daß sich Don Lollò mit diesem Feuerchen nicht zufrieden gibt. Wenn ihm die Flause kommt, ist er fähig, daß...«

»Ich muß das Lager abschließen. Gehen Sie. Ich muß das Lager abschließen. Gehen Sie, gehen Sie, gehen Sie, gehen Sie, ich muß das Lager abschließen, ich muß das La...«

Geschriebenes fünf

Vielgeliebter Vater und verehrter Schwiegervater!

Ich bin gezwungen, Ihnen ein paar hastige Zeilen zu schreiben, bevor ich den Zug besteige und Vigàta für einige Zeit verlasse. Solange wenigstens, bis der Sturm, der sich gegen mich entfesselt, abgeflaut ist. Taninè habe ich heute nacht alles erzählt, sie wird ihnen persönlich berichten. Was mir widerfährt, theurer Vater, ist einfach schrecklich, vor allem, wenn man bedenkt, daß dieser Wolkenbruch aus heiterem Himmel durch ein gemeines Mißverständnis zustandegekommen ist.

Commendatore Don Lollò Longhitano, welcher wußte, daß ich mit Sasà La Ferlita brüderlich befreundet bin, fragte mich, ob ich dessen Adresse in Palermo kenne. Don Lollò explizierte mir, daß er sie brauche, um eine Geldangelegenheit zwischen Sasà und Nino, dem Bruder des Commendatore, friedlich beizulegen, und er zu diesem Zwecke einen seiner Untergebenen, einen gewissen Calogerino Laganà, nach Palermo schicken wolle. Und ich, völlig naiv und guthgläubig, gab sie ihm.

Nur daß Sasà zwischenzeitlich seine Wohnung gewechselt hatte. Als ich das erfuhr, benachrichtigte ich den Commendatore und gab ihm, immer noch guthgläubig, die neue Adresse. Doch auch diesmal traf der eigens nach Palermo gefahrene Laganà Sasà nicht an. In diesem Zusammenhange machte mir der Commendatore Vorhaltungen wegen meiner Unzuverlässigkeit und warf mir vor, ich zeige wenig guten Willen für eine friedliche Beilegung. Im Innersten verletzt, erkundigte ich mich sofort nach Sasàs dritter Adresse in Palermo und gab sie an den Commendatore weiter, womit die Angelegenheit für mich erledigt war. Ich wußte nicht, und Sie müssen mir glauben, ich spreche zu Ihnen mit der Aufrichtigkeit eines echten Sohnes, daß es sich um eine Falle handelte, die von dieser verlorenen Seele Sasà mir und dem Commendatore gestellt worden war. Die mir mit Vorbedacht gegebene Anschrift war falsch, so daß der arme Laganà, der sich dort hinbegeben hatte, von Sasà überfallen und am Kopfe schwer verletzt wurde. Doch an diesem Punkte war Commendatore Longhitano völlig zu Unrecht zu der Überzeugung gelangt, daß ich eine Doppelrolle in einer Komödie spiele: Während ich ihm die Adresse gab, soll ich Sasà gleichzeitig gewarnt haben. Doch aus welchem Grunde hätte ich ihm eine Tragödie vorspielen sollen? Was hätte ich davon gehabt? Ich hatte und habe im Namen der Freundschaft das größte Interesse daran, zwischen dem Commendatore und Sasà Frieden zu stiften und nicht das Feuer zu schüren.

Jedenfalls hat der Commendatore, hartnäckig auf seiner irrigen Vorstellung beharrend, mein motorisiertes Vierrad in Brand setzen lassen, davon bin ich auf Grund einer ganzen Reihe von Dingen überzeugt, aber es würde zu weit führen, sie hier zu erläutern. Nicht zufrieden damit, hat er Cavaliere Mancuso gezwungen, ein trockenes Nein ohne jede Erklärung auf meine Bitte zu geben, die Telephonmasten auf seinen Grundstücken errichten zu dürfen. Das gleiche hat er mit Mariano Giacalone gemacht, der gethan hat, als wäre er urplötzlich verrückt geworden und damit nicht in der Lage, eine Unterschrift zu leisten. Des weiteren bin ich, auf Grund dessen, was ich erfahren habe, sicher, daß auch hinter dem Brief der Firma Sparapiano, die mir weitere Holzlieferungen verweigert, Don Lollò steckt.

Vielgeliebter Vater und verehrter Schwiegervater, ich schwöre, daß ich in der ganzen Sache unschuldig bin wie das Jesuskindlein. Ich habe dem Commendatore, den ich für einen Freund hielt, lediglich einen Gefallen gethan. Ich glaube, daß eine zeitweise Luftveränderung guth für mich ist, bevor Don Lollò sich noch einen Geniestreich einfallen und mich mit einem schweren Stein um den Hals ins Meer werfen läßt.

Taninè weiß, wo ich bin, sie sagt es Ihnen mündlich. Sie wird Ihnen auch die Schlüssel vom Lager aushändigen. Kümmern Sie sich bitte darum, sofern Sie es können.

Sollte Post für mich eintreffen, bitte ich Sie, jeweils zwei oder drei Briefe in einen großen Umschlag zu stecken und mir zu schicken, wobei ich Sie auch bitte, Acht zu haben, daß niemand die Adresse lesen und so herausfinden kann, wo ich bin. Nothgedrungen habe ich alles Geld nehmen müssen, das ich im Hause hatte: Würden Sie bitte die Sorge um Ihre Tochter übernehmen? Später sagen Sie mir dann, was Sie ihr gegeben haben.

Taninè wird Ihnen außer diesem Brief auch den des hinterhältigen Freundes aus Palermo überbringen, in welchem dieser mir Sasàs falsche Adresse mitgetheilt hat. Dieser Brief ist die Ursache meines Unglückes. Sollten Sie Commendatore Longhitano zufällig begegnen (ich weiß zwar, daß Sie mit diesem Manne nichts zu schaffen haben wollen), suchen Sie bitte einen Weg, ihm diesen Brief zu zeigen. Dieser spricht mich völlig frei und schreit meine Guthgläubigkeit hinaus.

Ich bin in Ihren Händen.

Pippo

KOMMANDO DER KÖNIGLICHEN CARABINIERI
VON VIGÀTA

An
S. E. den Präfekten
von Montelusa

Vigàta, am 15. März 1892

Betreff: Genuardi Filippo

Exzellenz,
mein tapferer Vorgänger im Amte des Kommandanten des Kommandos der Königlichen Carabinieri von Vigàta, Tenente Gesualdo Lanza-Turò, hat mir bei der Amtsübergabe wärmstens ans Herz gelegt, den Genuardi Filippo, einen allseits bekannten Subversiven, unter strengster Beobachtung zu halten und E.E. unverzüglich Bericht zu erstatten, wofern ich irgend etwas Verdächtiges festgestellt haben könnte.

Nun, in der Nacht vom 13. auf den 14. Februar d.J. sind bislang unbekannt gebliebene Personen in den Schuppen eingedrungen, in welchem der Genuardi Filippo sein motorisiertes Vierrad Panhard 2 PS aufbewahrte, nachdem dieselben die schwere Absperrkette aufgebrochen hatten, welche die Thür verschlossen hielt.

Die Eindringlinge konnten sich ungestört ans Werk machen, da der genannte Schuppen zum Vicolo dell'Abbondanza hin liegt (welcher eine Ecke mit der Via Cavour bildet, wo sich die Wohnung und das Holzlager des Genuardi befinden). Zudem ist der Vicolo dell'Abbondanza unbeleuchtet und daher mit Kot und Abwässern verdreckt.

Einmal in den Schuppen eingedrungen, hatten die Übelthäter leichtes Spiel, Feuer an das Selbstfortbewegungsgefährt zu legen. Nachdem wir uns unverzüglich an den Thatort begeben hatten, haben wir einige Feststellungen erheben können, welche mit denen des Dienststellenleiters der örtlichen Polizei, Signor Antonio Spinoso, in keinem Widerspruche stehen.

Man mußte kein Brandspezialist sein, um sich klar darüber zu werden, daß das muthwillige Feuer mittels Verwendung von Karbid (Azetylenkalk) hervorgerufen worden ist, welches der Genuardi in dem Schuppen aufbewahrte, da die Scheinwerfer des motorisierten Vierrades mit Karbidgas betrieben wurden.

Der Leiter der Polizeidienststelle, Spinoso, war an diesem Punkte der Ansicht, daß sowohl der Einbruch als auch das Feuer Unbekannten zuzuschreiben sind, die möglicherweise von Neid gegenüber dem Genuardi getrieben wurden. Dieses Kommando stellt sich aber, im Gegensatze dazu, die folgende Frage: Welche hellseherischen Gaben besaßen die Thäter, daß sie *im Vorhinein* von der großen Menge des für ihr verbrecherisches Vorhaben nothwendigen Brennmaterials wissen konnten?

Nach diskreten Ermittlungen haben wir in Erfahrung gebracht, daß das motorisierte Vierrad von dem Genuardi außerordentlich guth versichert worden war: Im Falle der Verbrennung des Automobiles (eine nicht auf Fahrlässigkeit des Eigenthümers zurückzuführende Verbrennung) würde der Genuardi den zweieinhalbfachen Kaufpreis als Versicherungszahlung empfangen.

Ebenfalls haben wir bei unseren Ermittlungen herausgefunden, daß die derzeitigen finanziellen Verhältnisse des Genuardi keineswegs rosiger Natur sind, sondern er sich im Gegentheile in einer prekären Lage befindet, nachdem die Firma Sparapiano Salvatore in San Volpato

i. d. Madonìe jede Geschäftsbeziehung auf Grund des subversiven Gedankenguthes des Genuardi mit diesem abgebrochen hat, zumal die Familie Sparapiano sich traditionellerweise zu den hohen Werthen des Patriotismus bekennt.

Der Schaden dieses Abbruches der Geschäftsbeziehungen ist für den Genuardi beträchtlich: soweit dieses Kommando in Erfahrung bringen konnte, pflegte die Firma Sparapiano dem Genuardi einen weiten Kreditrahmen einzuräumen, indem diese ihm für erfolgte Holzlieferungen lange Zahlungsziele gewährte.

Darüber hinaus haben wir herausgefunden, daß der Genuardi einen Antrag bezüglich Genehmigung eines Telephonanschlusses zu privatem Gebrauche gestellt hat. Trotz einer an die Regionalverwaltung für das Post- und Telegraphenwesen gerichteten Mittheilung meines Vorgängers, Tenente Lanza-Turò, in welcher dieser zur einstweiligen Einstellung des Vorganges riet, ist die Sache auf unerklärliche Weise weiterbetrieben worden. Und daher braucht der Genuardi für diesen Telephonanschluß Bargeld, da mit diesem erhebliche Ausgaben verbunden sind.

Wir kommen zu folgendem Schlusse: Dieses Kommando hegt den Verdacht (und mehr als das), daß die Inszenierung des Schaustückes von einem vorgetäuschten Einbruch und von einer noch viel vorgetäuschteren Brandstiftung von dem Genuardi Filippo selbst in Gemeinschaft mit einigen seiner Freundschaftsbündlern stammt.

In diesem Sinne setzen wir die Ermittlungen fort.

Ergebenst

Der Kommandant des Kommandos
der Kgl. Carabinieri
(*Tenente Ilario Lanza-Scocca*)

MINISTERIUM DES INNEREN
DER MINISTER

An den Cavaliere
Artidoro Conigliaro
Unterpräfekt von
Bivona

Rom, am 20. März 1892

Signor Unterpräfekt!
Hierdurch theile ich Ihnen mit, daß die Ergebnisse des Berichtes bezüglich der von S. E. dem Generalinspekteur Colombotto-Rosso *auf Ihren Hinweis* durchgeführten Ermittlungen hinsichtlich des Geisteszustandes S. E. Vittorio Marascianno, Königlicher Präfekt von Montelusa, unverzügliche Maßnahmen erforderlich machen.

Trotz des schweren Unfalles, den S. E. Marascianno erlitten hat, ist unser Generalinspekteur zu der unanfechtbaren und zu Ihrem Anzeigenschreiben gänzlich im Gegensatze stehenden Überzeugung gelangt, daß der Präfekt von Montelusa ein Hoher Staatsdiener von selten anzutreffender moralischer und geistiger Ausgeglichenheit ist. Wie Sie sich erinnern werden, inspizierte S. E. Marascianno ungefähr drei Monate nach Antritt seines Hohen Amtes aus reinem Skrupel und aus Hingabe an seine Aufgaben unerwartet die von Ihnen geleitete Unterpräfektur von Bivona.

Bei dieser Gelegenheit sah sich S. E. Marascianno gezwungen, Beanstandungen hinsichtlich bedauerlicher Ungereimtheiten, unzulässiger Ungültigmachungen und verschiedener Unregelmäßigkeiten zu machen.

Nachdem S. E. Marascianno Ihnen, wie es seine Pflicht war, heftige Vorhaltungen gemacht hatte, verfaßte er eine negative Beurtheilung hinsichtlich Ihrer Person und hielt damit den Fall für abgeschlossen.

Offensichtlich hatte er sich geirrt.

Sie, von Groll getrübt und vom unbeugsamen Willen getrieben, die unvoreingenommen verfaßte negative Beurtheilung Ihrer Person nicht hinzunehmen, sondern sich dafür zu rächen, eine Beurtheilung durch Jemanden, der ausschließlich im Namen der Pflicht und der Gerechtigkeit handelte, haben eine derartige Maßlosigkeit zum Nachtheile Ihres Vorgesetzten erkennen lassen, daß man glauben könnte, Sie hätten sich die Rolle eines abgefeimten Schurken angemaßt.

Sie haben, von Ihrem nachtragenden Gefühl geblendet, unter anderem einige genaue Hinweise S. E. als irres Geschwätz abgethan und, diese höhnisch abwehrend, aberwitzig unangemessen reagiert.

Denn: Mit der Behauptung, die Keime seien »leuchtend rot«, spielte S. E. auf die von den Aufrührern bevorzugte Farbe an. Durch ihre Gegenwart verseuchen diese Personen das schöne Sizilien. Mit der Behauptung, jeder Keim sei mit 2.402 »Füßchen« ausgestattet, bezog sich S. E. Marascianno auf die genaue Anzahl der Anhänger dieser Sektierergruppen, die in Bivona und Umgebung die Revolution predigen.

Sie haben die Hinweise S. E. nicht verstehen wollen und sind damit Ihrer Verantwortung nicht gerecht geworden.

Mit sofortiger Wirkung werden Sie nach Santolussurgiu (Sardinien) versetzt, wo Sie die Aufgaben eines Hilfs-Unterpräfekten wahrnehmen werden.

Der Minister
(*Giovanni Nicotera*)

G. NAPPA & G. CUCCURULLO
Advokatenkanzlei – Via Trinacria 21 – Montelusa

An den
Hochverehrten Herrn
Filippo Genuardi
Via Cavour Nr. 20
Vigàta

Montelusa, am 1. April 1892

Lieber Herr Genuardi,
ich beehre mich, Ihnen Nachricht über den Sie betreffenden Vorgang zu geben.

Die Parzelle Nr. 28 der Erbengemeinschaft Zappalà Stefano ist nicht frei von Verbindlichkeiten, und zwar auf Grund einer Hypothekenbelastung durch den Banco di Sicilia. Daher können die Erben nicht frei über das Gelände verfügen, sondern nur mit vorheriger Zustimmung der Bank. Sie werden verstehen, wie diese Situation die Sache kompliziert und die Zeit für eine Lösung hinauszögert. *Vielleicht stellt sich für mich die Nothwendigkeit, ein paar Räder zu schmieren.* Im einzelnen: Signora Zappalà Agatina, verheiratete Graceffo, hat mir geschrieben, sie sei im Prinzip bereit, Ihnen die Erlaubnis für das Loch einzuräumen, sofern sie vorher etwas über den Betrag weiß, den Sie dafür zu zahlen bereit sind; Signor Zappalà Vincenzo verhält sich entschieden ablehnend; Signor Zappalà Pancrazio liegt auf derselben Linie wie sein Bruder Vincenzo; Signor Zappalà Costantino neigt eher einer zustimmenden Haltung zu; für ein Nein spricht sich Signor Zappala Calcedonio aus, welcher in Paris lebt (sein Bruder Pancrazio ist aber jedenfalls im Besitze einer Vollmacht). Ein Fall für sich ist Signora Zappalà Ersilia, verheiratete Piromalli, die für die Abtretung des Loches ist, jedoch nur für eine befristete Zeit, weil sie dessen gewohnheitsrechtlich bedenkliche Ersitzung befürchtet. Von Signor Lopresti Paolantonio, wohnhaft in New York, habe ich noch keine Antwort erhalten. Meiner Ansicht nach braucht das Zeit. An diesem Punkte ist Ihrerseits die Quantifizierung und Monetisierung jedes einzelnen Loches unumgänglich (ich gebrauche das unangemessene Wort »Loch« absichtlich: Wenn wir die Erlaubnis für ein »Fundament« oder einen »Aushub« und ähnliches erbäten, würden wir mit Sicherheit zu habgierigen Forderungen einladen).

Haben Sie das Problem mit den Signori Giacalone, Mancuso und Giliberto gelöst?

Halten Sie mich auf dem laufenden.

Ergebenste Grüße

für die Advokatenkanzlei Nappa & Cuccurullo
Advokat Giosuè Nappa

MINISTERIUM FÜR DAS POST- UND TELEGRAPHENWESEN
Regionalverwaltung – Via Ruggero Settimo 32 – Palermo

An den
Hochverehrten Herrn
Filippo Genuardi
Via Cavour Nr. 20
Vigàta

Palermo, am 5. April 1892

Theurer Freund,
zufällig habe ich bemerkt, daß die Briefmarke des von Ihnen an mich gesandten Briefes in Palermo abgestempelt wurde. Waren Sie etwa in der Stadt? Warum sind Sie nicht zu mir oder zu Dottor Caltabiano gekommen, der Sie so gerne kennenlernen möchte?

Wie dem auch sei, hier antworte ich auf Ihren Brief.

Die Quantifizierung und Monetisierung für die Grube eines jeden einzelnen Masten stellt keine schwierige Berechnung dar, wir müssen nur bereits durchgeführte derartige Arbeiten als Grundlage nehmen. Also: Jeder Aushub muß zwei Meter tief sein und vierzig Zentimeter Durchmesser haben. Wenn der Aushub innerhalb der Gemeindemautgrenze vorgenommen wird, beträgt die dem Eigenthümer zustehende Gebühr im allgemeinen fünfzehn (15) Lire, einschließlich jeden anderen Rechtes; wird der Aushub dagegen auf Ackerland vorgenommen, beläuft sich der Betrag auf fünf (5) oder sieben (7) Lire, sofern nichts Unerwartetes hinzukommt.

Ich sehe keine Einwände gegen eine Pacht an Stelle eines Ankaufes der jeweiligen Bodenstelle: will sagen, auch eine zeitweilige Abtretung ist möglich, wofern diese zehn (10) Jahre nicht überschreitet. Denn die regierungsseitliche Genehmigung hat eine Laufzeit von fünf (5) Jahren. Ist diese abgelaufen, kann sie erneuert oder auch widerrufen werden, doch im allgemeinen wird sie um weitere fünf Jahre verlängert.

Nun komme ich zum schmerzlichen Punkt.

Sie theilen mir mit, daß Sie großen Schwierigkeiten hinsichtlich der Zustimmung der verschiedenen Grundstückseigenthümer begegnen, und unterbreiten mir einen alternativen Vorschlag für die Leitungsführung.

Wenn ich von diesem ausgehe, würde sich folgendes ergeben: Der Mastenverlauf wäre auf den ersten zweihundert (200) Metern geradlinig, danach würde er einer Zickzacklinie mit vielen spitzen Winkeln folgen, sich dann großkurvig winden, um auf den letzten dreihundert (300) Metern wieder geradlinig zu verlaufen.

Ich will Ihnen gleich sagen, daß eine dergestaltige Linienführung eine Gesprächsverbindung nicht ermöglicht, weil diese von Entladungen, Gesumme, Geräusche und so weiter ständig gestört würde.

Und dann ist da noch etwas Entscheidendes: Ihre vorgeschlagene Linienführung verliefe zumindest an zwei Stellen parallel zur einzigen vorhandenen Telegraphenleitung in diesem Gebiete. Der Apparat Ader-Bell, den wir Ihnen liefern, verwendet für die Verstärkung der Schwingungen der Folie, vor welcher man spricht, eine Induktionsspule. Diese Spule reagiert auf die sich in unmittelbarer Nähe befindlichen parasitären Stromflüsse der Telegraphenleitung außerordentlich empfindlich, und daher würde der Empfang der Worte erheblich gestört bis unverständlich werden.

Es liegt natürlich in Ihrem Ermessen, ob Sie eine Mastenführung von acht (8) Kilometern – so viele sind es nämlich – gegenüber den drei (3) von Ihnen beantragten bezahlen möchten. Doch abgesehen von der exorbitanten Summe, müßte der von Ihnen gestellte und in Arbeit befindliche Antrag eines Anschlusses zu privatem Gebrauche über drei (3) Kilometer annulliert und ein völlig neuer gestellt werden. Und am Ende dieser Via Crucis hätten Sie, glauben Sie mir, ein völlig unbrauchbares Telephon.

Theurer Freund, ich habe große Erfahrung in diesen Dingen: Noch immer habe ich erlebt, daß sich die Schwierigkeiten im Laufe der Zeit beilegen lassen, wenn man den Grundstückseigenthümern Futterstroh gibt und ein paar Lire mehr für sie herausrückt. Geben Sie mir Nachricht.

Viele herzliche Grüße

Der Leitende Landvermesser
(*Pulitanò Agostino*)

(Vertraulich)

An den
Herrn Polizeipräsidenten
von
Montelusa

Vigàta, am 7. April 1892

Hochverehrter Herr Polizeipräsident,
ich danke Ihnen für die mir erwiesene Freundlichkeit, mit welcher Sie mir, auf privatem Wege, die Abschrift des Briefes (in diesem ist weder ein Bericht noch ein Informationsschreiben erkennbar) vom Tenente der Kgl. Carabinieri Ilario Lanza-Scocca an S. E. den Präfekten von Montelusa haben zukommen lassen, den Commendatore Parrinello, Stellvertretender Präfekt, zuständigkeitshalber an Sie weitergeleitet hat.

Was soll ich dazu sagen? Mir fallen die Arme herunter.

Das, was die Kgl. Carabinieri von Vigàta seit langem hinsichtlich des Genuardi Filippo machen, kann man, ohne Wenn und Aber, nur als blindwüthige Verfolgungsjagd bezeichnen. Ich hatte die Zuversicht, daß mit der Versetzung des Tenente Lanza-Turò und seiner Ersetzung durch einen anderen Kommandanten sich die Dinge einigermaßen bessern würden. Doch statt der Rettung ist jetzt die Sintfluth gekommen!

Man hat Tenente Lanza-Turò durch den Tenente Lanza-Scocca ersetzt, welcher nicht nur ein Cousin ersten Grades seines Vorgängers ist, sondern mit ihm immer so eng verbunden war wie, verzeihen Sie die vulgäre Ausdrucksweise, der Arsch mit dem Hemde.

Jedermann in Vigàta kann das bezeugen: Als Tenente Lanza-Turò noch seinen Dienst in Vigàta versah, kam sein Cousin Lanza-Scocca ihn oft besuchen, und die beiden waren unzertrennlich, sie gingen gemeinsam an der Mole spazieren oder aßen gemeinsam Eis im hiesigen Café Castiglione. Manchmal begaben sich die beiden auch zum einen oder anderen Ball nach Montelusa.

Es ist offensichtlich, daß Tenente Lanza-Scocca jeden nur erdenklichen Weg auslotet, wie er seinen Cousin rehabilitieren könne, sei es auch, daß man sich gegenüber einem Manne wie dem Genuardi ungerecht verhält, welcher ganz sicher kein Heiliger ist, dem es aber auch nicht im Traume einfallen würde, die Versicherung zu betrügen. Und dies nicht etwa wegen moralischer Skrupel, sondern wegen des unsicheren Ausganges eines solchen Unternehmens.

Dem Genuardi lag an diesem motorisierten Vierrade mehr als an seinem Augenlicht, so daß er gar einen furchtbaren Streit mit seinem Schwiegervater hatte, der nicht wollte, daß er sich dieses Gefährt kaufe: Über lange Zeit waren die Beziehungen zwischen ihnen deswegen gespannt.

Wäre er denn verzweifelt, hätte der Genuardi, wenn er etwas in Brand hätte setzen wollen, um einen Versicherungsfall vorzutäuschen, eher sein Holzlager angezündet als sein Vierrad.

Wenn er es nicht benutzte (wobei er ahnungslose Menschen wegen des häufigen, aus dem Motor kommenden Geknatters immer wieder in Angst und Schrecken versetzte), stellte der Genuardi das Vierrad im eigens dafür vorgesehenen Schuppen ab und ließ die Thüre über Tag weit offen stehen, um die Luft zirkulieren zu lassen: Jeder, der vorbeikam, konnte das Karbid sehen, das der Genuardi dort in großen Mengen als Reserve aufbewahrte.

Des weiteren: Ist Tenente Lanza-Scocca wirklich ernsthaft der Ansicht, der Genuardi könnte, um seine Schwierigkeiten zu beheben, auf das Geld der Versicherung spekulieren? Gegen Kasse?! Dem Genuardi werden eher weiße Haare kommen, als daß er eine Lira sieht, die von den *La Fondiaria Assekuranzen* kommt, welche in ganz Italien für die unglaublichen Spitzfindigkeiten bekannt ist, die sie sich einfallen läßt, um nicht zahlen zu müssen.

Das Geld für die Telephonleitung muß der Genuardi sich unter Thränenströmen von seinem Schwiegervater erbitten, der ihn literweise Bluth und Wasser für jeden Meter Kabel schwitzen läßt.

Sofern Sie mich aber fragen, ob ich eine Vermuthung über die Motive der Inbrandsetzung des motorisierten Vierrades habe, antworte ich Ihnen, unter Vorbehalt, daß ich dabei bin, eine zu entwickeln.

Es handelt sich nicht, wie von dem einen oder anderen zu hören war, um eine vandalistische Unthat, vielleicht sogar geschürt vom Neide: Neid sollte diesen Unbekannten erst nach so vielen Monaten gekommen sein, nachdem das Gefährt in Vigàta aufgetaucht ist?

Ich denke ganz im Gegentheile, daß es irgendwie im Zusammenhange mit dem Umgang des Genuardi mit einer gewissen ehrenwerthen Persönlichkeit, wie man das in unserer Gegend nennt, steht. Es handelt sich dabei um eine Person, die mit illegalen Methoden und Verbindungen zur Mafia zu großer Macht aufgestiegen, allerdings auch schwer zu fassen ist. Vielleicht hat ein Irrthum oder eine Unfreundlichkeit des Genuardi, auch unbeabsichtigt, diese Person dazu veranlaßt, jenem seine Macht zu beweisen und eine typische Reaktion zu veranlassen, wie die Inbrandsetzung von Olivenhainen und Landhäusern. Nun, mit dem Fortschritt, ist die Zeit wohl für motorisierte Vierräder gekommen.

Meine Vermuthung wird gestützt durch Gerüchte,

die mir zu Ohren gekommen sind: Die gewisse ehrenwerthe Persönlichkeit soll Druck auf einige Grundstückseigenthümer ausgeübt haben, damit sie dem Genuardi die Genehmigung für die Errichtung der Telephonleitungsmasten verweigern, die durch ihre Grundstücke verlaufen sollen.

Ich nehme die Gelegenheit dieses Schreibens für einen Ausbruch wahr, den Ihre Güthe mir gewiß nachsehen wird. Nach einem Jahr Dienstzeit in Vigàta sprach ich die Empfehlung aus, diese ehrenwerthe Person unter polizeilicher Aufsicht in einen anderen Theil Italiens zu verbannen.

Vom damaligen Polizeipräsidenten erfuhr ich, daß diese Forderung vom Präsidenten des Gerichtes in Montelusa zurückgewiesen worden war (welcher derselbe ist wie heute, weshalb es sinnlos ist, weiter zu beharren).

Im darauffolgenden Jahr gelang es mir, ihm den Waffenschein wegnehmen zu lassen: Dieser wurde ihm, unter vielmaligen Entschuldigungen, zwei Monate später wieder zurückgegeben. Nicht zufrieden damit, haben diejenigen, die ihre schützende Hand über ihn halten, ihn mit dem Titel eines Aufrechten und Gethreuen des Gesetzes auszeichnen lassen!

Ich erachte es als meine Pflicht, Sie weiterhin informiert zu halten, sobald ich im Besitze zuverlässiger Fakten bin und nicht von Gerüchten und Vermuthungen.

Ich bitte Sie nochmals um Milde, wenn ich mich habe gehen lassen, doch krumme Sachen lassen mir einfach das Blut zu Kopfe steigen.

Immer Ihr aufrichtig unterthänigster

Der Leiter der Polizeidienststelle in Vigàta
(*Antonio Spinoso*)

P. S. Wie ich Ihnen oben geschrieben habe, will Tenente Lanza-Scocca seinen Cousin vor allem vor den Augen des Kommandeurs, Generale de Saint-Pierre, rehabilitieren, welcher, wenn ich mir erlauben darf, Sie stillschweigend daran zu erinnern, auf Ihren persönlichen Hinweis handelte, als er die Versetzung von Tenente Lanza-Turò veranlaßte.

MINISTERIUM DES INNEREN
GENERALDIREKTION DER POLIZEI

Der Generaldirektor

An die
Herren Präfekten
von SIZILIEN
Amtssitze

An die
Herren Polizeipräsidenten
von SIZILIEN
Amtssitze

Rom, am 8. April 1892

Mit Datum vom 7. April diesen Jahres hat mir Seine Exzellenz der Innenminister, nachdem er von dieser Generaldirektion einen ausführlichen Bericht über die Lage der Öffentlichen Sicherheit auf Sizilien erhalten hatte, nachfolgende Anweisungen ertheilt:

Bringen Sie unverzüglich allen Signori Prefetti und Signori Questori der Insel den mir vorgelegten Bericht zur Kenntnis, mit Ausnahme der *omissis* auf Seite 2 (zwei). Sie müssen umfassend über die Schwere der Lage unterrichtet werden und nicht nur für den Augenblick geltende Maßnahmen ergreifen, welche geeignet sind, das Anschwellen einer Bewegung zu verhindern, die für unser Land eine offene Wunde und zugleich eine Schande darstellt. Es entspricht einer Binsenweis-

heit, daß die Zusammenrottung herumstreunender Aufwiegler spontan entstehen kann, aber ebenso wahr und offenkundig ist es, daß ihre Zunahme auf geschickte Intriganten zurückzuführen ist, welche, jede noch so kleine und vorübergehend bestehende Unzufriedenheit ausnutzend, neue Anhänger für ihr trübes Hexentreiben, für ihre raufboldartigen Bosheiten gewinnen.
Die Signori Prefetti und die Signori Questori sollten ein klares Bewußtsein dafür haben, daß die Frist zwischen der Verabschiedung und dem Inkrafttreten eines Gesetzes äußerst kurz ist.

Ich beehre mich indessen, den um die nicht mit der zur Beurtheilung im Zusammenhang stehenden Theile gekürzten Bericht weiterzuleiten.

… und daher erreichten uns schon seit langem aus verschiedenen Theilen der Insel Nachrichten über die *freiwillige* Auflösung der immer größer werdenden Arbeitervereinigungen für gegenseitige Hilfsdienste, die sich vor allem an Mazzini orientieren. Diese Vereinigungen sehen bekanntlich die gegenseitige Hilfeleistung zwischen Mitgliedern vor, die einen bestimmten Monatsbeitrag zahlen, doch in jüngster Zeit haben sie angefangen, Streiks und Aufruhr zu initiieren, und zwar mit dem Ziele, absolut unsinnige Lohnerhöhungen durchzusetzen. Unsinnig, weil die Landwirtschaft sich in einem äußerst elenden Zustande befindet, weil der Export und die Produktion von Schwefel und Salz abnimmt, und weil es versäumt wurde, die Wirtschaft zu entwickeln. Doch genau wegen dieser eben beschriebenen Bedingungen – welche nicht nur fortbestehen, sondern wahrscheinlich sich noch verschlimmern werden – hat sich uns ein Argwohn bezüglich der schwindelerregenden Ausbreitung dieses einzigartigen Phänomens aufgedrängt: Wie kommt es, daß die Vereinigungen für gegenseitige Hilfsdienste sich gerade in dem Augenblicke aufgelöst haben, wo zwingender Bedarf nach ihnen bestand? Uns beeindruckte vor allem die Auflösung zweier Vereinigungen in Palermo, in welchen sich die Arbeiter der Gießereien mit Namen »Florio« und »Oretea« zusammengeschlossen hatten.
Von uns beauftragte kundige Informanten haben uns eine keineswegs beruhigende Erklärung dafür gegeben: Alle sizilianischen Arbeitervereinigungen – mit Ausnahme einiger sel-

tener Fälle – sollen sich innerhalb kurzer Zeit einzig und allein aus dem Grunde auflösen, um sich gemeinsam in einer einzigen Organisation zusammenzuschließen. Diese Organisation soll den Namen »Sizilianische Arbeiterbünde« (oder so ähnlich) erhalten.
Ich überlasse es Eurer Exzellenz, Herr Minister, sich auszumalen, was für ein Zerstörungspotential eine derart mächtige Organisation entwickeln kann, welche hauptsächlich von blindwüthigem Hasse gegen die Ordnung, die Gesellschaft, den Staat getragen wird.
Ebenfalls haben wir erfahren, daß die Anführer der aufständischen Bewegung derzeit (und noch für eine Weile) in Palermo versammelt sind, mit dem Ziele, das »Statut« der Organisation auszuarbeiten, welche, soweit wir in Erfahrung bringen konnten, lediglich »pro forma« die ursprüngliche Absicht der gegenseitigen Hilfeleistung beibehält, während das eigentliche Ziel darin liegt, wilde Streiks und gewaltthätigen Aufruhr anzuzetteln, um letztendlich den Säulen unserer Bürgerlichen Gesellschaft nicht wieder gutzumachenden Schaden zuzufügen.
Die Namen der künftigen Anführer dieser »Bünde« (Fasci) sind zum Theile bereits bekannt, doch ist es wohl sinnvoll, sie hier noch einmal aufzulisten:

Rosario Garibaldi Bosco (Palermo)
Francesco Maniscalco (Palermo)
Giacomo Montalto (Trapani)
Francesco Cassisa (Trapani)
Luigi Macchi (Catania)
G. De Felice Giuffrida (Catania)
Nicola Petrina (Messina)
Francesco Noè (Messina)
Francesco de Luca (Montelusa).

Dieselben können auf die mehr oder weniger deutliche Unterstützung der hier nachfolgend aufgezählten Ehrenwerthen Abgeordneten der Insel zählen:

(*omissis*)

und der nachfolgend aufgeführten Persönlichkeiten von liberalem oder radikalem Gedankenguthe:

(*omissis*)

Soweit der an S. E. den Herrn Minister gesandte Bericht.

Ebenso übermitteln wir die Namen einiger Theilnehmer an diesem Treffen, weitere werden folgen, sobald Klarheit über sie besteht:

1. Nicola Barbato aus Piana dei Greci
2. Giuseppe Bivona aus Menfi
3. Carmelo Rao aus Canicattì
4. L. Caratozzolo aus San Biagio Platani
5. G. Mondello aus Casteltermini
6. Stefano Di Mino aus Grotte
7. F. Genuardi aus Vigàta
8. Lorenzo Panepinto aus Burgio
9. C. Ricci-Gramitto aus Montelusa
10. Oreste Trupiano aus Valguarnera
11. Bernardino Verro aus Corleone

Der Generaldirektor der Polizei
(*Giuseppe Sensales*)

»IL PRECURSORE«

Politisches Tagblatt

Hg. G. Oddo Bonafede 4. April 1892

EINBRUCH UND KEIN DIEBSTAHL

Unser Korrespondent berichtet aus Vigàta von einem einzigartigen Vorkommnis, welches sich gestern nacht in dieser kleinen Stadt zugetragen hat. Unbekannte sind, nachdem sie äußerst ungeschickt das Eingangsportal des Königlichen Post- und Telegraphenamtes in der Via del Mare Nr. 100 aufgebrochen hatten, in die dortigen Bureauräume eingedrungen. Am nächsten Morgen hat der Posteinnehmer, Signor Tamburello Vittorio, den stattgehabten Einbruch bemerkt und sogleich das Kommando der Königlichen Carabinieri davon in Kenntnis gesetzt. Nach mehrfachen sorgfältigen Kontrollen hat Signor Tamburello zu seinem Erstaunen festgestellt, daß, trotz des offensichtlichen Durcheinanders, in welchem er die Bureauräume vorgefunden hatte, weder etwas von den zum Abtransport bereit liegenden Briefschaften noch von den zahlreichen, im Ort zur Vertheilung anstehenden Paketen und Plakaten verschwunden war. Eine Schublade, in welcher 300 Lire lagen, war zwar aufgebrochen, das Geld aber nicht gestohlen worden.

Es ist auszuschließen, daß es sich um einen Scherz handelte: Die Urheber dieses Bravourstückes würden ihn, sofern sie entdeckt werden, sehr theuer bezahlen müssen. Die Kgl. Carabinieri ermitteln.

Gesagtes fünf

A

(Tamburello – Commendatore Longhitano – Calogerino)

»Lieber Signor Tamburello! Was für eine Freude, Sie zu sehen! Sie machen mir ein ausgesprochenes Geschenk, daß Sie hierher kommen und mich besuchen!«
»Das überaus große Vergnügen und die überaus große Ehre sind ganz meinerseits, verehrter Commendatore Longhitano!«
»Ich bin entsetzt bei dem Gedanken, daß ich Sie eigens bis nach Montelusa bemüht habe, aber es ist nun einmal so, daß ich schon seit einer ganzen Weile hier bin, im Hause meines Bruders. Ich leide an kleinen Altersbeschwerden, und mein Bruder, der Arzt ist, behandelt mich.«
»Ach, was erzählen Sie mir denn da? Was denn für Beschwerden? Sie sehen doch aus wie das blühende Leben, wie ein glanzvolles Wunder in Person!«
»Wissen Sie, weshalb ich mir erlaubt habe, Sie hierher rufen zu lassen?«
»Nein, ich habe nicht die geringste Ahnung, aber ich bin gleich hergeeilt, nur um das Vergnügen zu haben, Sie sehen zu können.«
»Glauben Sie mir, daß ich mich jetzt, wo Sie hier vor mir stehen, fast schäme, Sie für eine Lächerlichkeit hierher bemüht zu haben?«
»Selbst wenn es um nichts gehen würde, wäre ich überaus glücklich. Sprechen Sie nur, ich bin zu Ihren Diensten.«
»Wissen Sie, Signor Tamburello, alte Leute wie ich werden irgendwann wieder wie kleine Kinderchen, immer neugierig, immer mit Fragen beschäftigt: Was ist das? Was ist jenes? Wenn wir, Alte und Kleine, uns was in den

Kopf gesetzt haben, dann kommen wir einfach nicht mehr zur Ruhe. Und ich habe mich da auf etwas versteift, ich habe da in meinen Gedanken rumgebohrt, wie das wohl war mit dem Einbruch in Ihr Postamt in Vigàta. Ich habe darüber ja in der Zeitung gelesen. Haben die sich wirklich die Mühe gemacht, die Türe aufzubrechen und nichts mitgehen zu lassen? Signor Tamburello, Sie wissen doch, mit mir können Sie reden wie im Beichtstuhl, was Sie mir erzählen, bleibt in meinem Inneren, und es kommt auch dann nichts heraus, wenn man mich blutig schlagen sollte. Ich will ja nur die Wahrheit wissen: Was haben diese Einbrecher gestohlen?«

»Nichts, gar nichts, Don Lollò. Ich schwör es Ihnen. Und was für einen Grund sollte ich haben, Ihnen irgendeine Lüge zu erzählen?«

»Aber sind Sie sich auch ganz sicher, daß diese Unbekannten wirklich in die Bureauräume eingedrungen sind? Ich meine: Ist es nicht etwa so, daß sie das Portal aufgebrochen haben und danach keine Zeit mehr hatten?«

»Da bin ich mir ganz sicher. Briefe und Pakete habe ich in einer anderen Anordnung vorgefunden als ich sie am Abend zuvor zurückgelassen hatte.«

»War denn viel Post da?«

»Nein, nein, nur ganz wenig. Ich habe in meiner Tasche eine Aufstellung, die ich für den Polizeileiter Spinoso gemacht habe. Er hat mich darum gebeten, und ich muß sie ihm noch bringen. Hier ist sie, ich lese sie Ihnen vor. Hereingekommen: Ein Paket für die Apotheke Catena (es handelt sich dabei um Heilkräuter, die in dieser Gegend nicht wachsen); ein Paket für die Firma Nicolosi (dieses kam aus Alessandria, höchstwahrscheinlich waren Korken darin); ein Brief für Signora Adelina Gammacurta (vom Sohn, der sich in Rom herumtreibt und immer um Geld bittet); ein Brief für den Cavaliere Francesco De Domini (von der Kleinen aus Canigattì, die seine Gebliebte ist, von der er aber behauptete, sie sei seine Nichte, als sie ihn in Vigàta besucht hat); eine Postkarte für Signor Carmine Lopìparo, die aus Mailand kam (von seinem Bruder Peppe, der sich dort aufhält, um seine Frau zu suchen, die mit einem Officier der Bersaglieri durchgebrannt ist). Das ist alles. Jetzt komme ich zur abgehenden Post. Da waren drei Briefe und ein großer Briefumschlag. Der erste war von Signora Finocchiaro an ihre Tochter Carolina, die in Trapani verheiratet ist (ich glaube, die Dinge zwischen den Eheleuten stehen nicht zum besten, er setzt ihr Hörner auf, und sie zahlt es ihm mit gleicher Münze heim); der zweite vom Café Castiglione an die Firma Pautasso in Turin (die eine wirklich gute Schokolade herstellt); der dritte war ein anonymer Brief von Cavaliere Lo Monaco an Dottor Musumeci. Der große Briefumschlag…«

»Nein, einen Augenblick noch, Signor Tamburello. Wieso sagen Sie, daß der dritte Brief anonym war, wenn Sie gleichzeitig sagen er sei von Cavaliere Lo Monaco gewesen?«

»Weil der ausschließlich anonyme Briefe schreibt, das ist allgemein bekannt. Seine Freizeitbeschäftigung. Was soll der alte Herr auch sonst tun? Ich weiß, daß er vom Cavaliere stammt, weil ich seine Handschrift kenne. Der große Briefumschlag, sagte ich, war der übliche, den der Schwiegervater von Filippo Genuardi ihm nach Palermo schickt.«

»Wieso, ist Filippo Genuardi denn umgezogen? Wohnt er nicht mehr in Vigàta?«

»Er ist nicht umgezogen, aber seit über einem Monat ist er in Palermo, entweder geschäftlich oder Weibergeschichten. Der Schwiegervater nimmt die Briefe, die für Filippo Genuardi ankommen, steckt sie in einen großen Umschlag und schickt sie nach Palermo, an eine Pension in der Via Tamburello, ich erinnere mich deshalb daran, weil die Straße genau so heißt wie mein Nachname.«

»Ja, was haben die denn dann gesucht?«

»Ich kann es mir einfach nicht vorstellen. Apropos, Don Lollò, da will ich Sie herzlich um einen Gefallen bitten.«

»Alles, was in meiner Macht steht.«

»Wenn Sie darüber sprechen und etwas in Erfahrung bringen sollten ... Ich will mich genauer ausdrücken: Wenn Sie in Erfahrung bringen sollten, warum die das gemacht haben, was sie gemacht haben ... Ich weiß nicht, ich frage mich, ob die mich nicht zufällig beleidigen wollten ... eine Warnung an mich richten wollten oder was weiß ich...«

»Aber wo denken Sie hin? Eine Beleidigung, eine Warnung gegenüber einem so anerkannten Ehrenmanne wie Ihnen? Jedenfalls, seien Sie beruhigt: Wenn ich irgend etwas in Erfahrung bringe, informiere ich Sie nach Gebühr.«

»Commendatore, ich mache mich jetzt wieder eilig davon. Küß die Hand. Um Gottes willen, nein, bleiben Sie sitzen, bemühen Sie sich nicht.«

»Bis bald, lieber Freund.«

...

»Calogerino! Kannst hereinkommen, Signor Tamburello ist gegangen.«

»Zu Ihren Diensten, Don Lollò.«

»Hast du im anderen Zimmer alles mitanhören können?«

»Jaja. Genuardis Adresse ist in Palermo, eine Pension in der Via Tamburello. Ich fahr gleich hin.«

»Nein, warte. Nach Palermo will auch ich mitkommen. Vorher sind noch ein paar Dinge zu erledigen. Du mußt Cavaliere Mancuso aufsuchen, ich sag dir schon noch warum. Aber hast du mitbekommen, was für ein Trottel dieser Tamburello ist? Ich habe nur das Gespräch in eine bestimmte Richtung lenken brauchen, und schon spuckt er mir die Adresse von Pippo Genuardi aus. Aber er

kann niemals behaupten, ich hätte ihn ausdrücklich darum gebeten, stimmt's nicht?«
»Sie sind ein Gott, Don Lollò.«
»Und soll ich dir noch etwas sagen? Als er mir sagte, daß er die Aufstellung der Briefe und Pakete in der Tasche habe, um sie an Spinoso weiterzugeben, der ihn darum gebeten hat, habe ich die Bestätigung erhalten, daß Spinoso ein ausgekochter Scherge ist. Den gleichen Gedanken, den ich hatte, hat er vor mir gehabt.«
»Und was für ein Gedanke ist das, Don Lollò?«
»Wieviel macht zwei und zwei, Calogerino?«
»Vier, Don Lollò.«
»Und was wackelt im Körbchen?«
»Ricotta, Don Lollò.«
»Und also?«
»Was, und also, Don Lollò?«
»Hör mir gut zu, ich erklär's dir. Nehmen wir mal an, daß ein Kassierer in der Bank stiehlt, in der er arbeitet. Um zu vermeiden, daß man ihm auf die Schliche kommt, was tut er? Er tut so, als würden Diebe kommen, die die Kasse mitnehmen. Richtig? Doch weil die Diebe im Postamt nichts gestohlen haben, wird klar, daß Tamburello mit der Sache nichts zu tun hat. Ist das ein schlüssiger Gedankengang?«
»Er ist großartig, Don Lollò.«
»Dann wird daraus auch klar, daß die Diebe nur vorgetäuschte Diebe waren.«
»Jetzt kann ich Ihnen nicht mehr folgen, Don Lollò.«
»Nimmt sich ein richtiger Dieb nun die dreihundert Lire oder nimmt er sie nicht, die in einer Schublade des Bureaus waren?«
»Er nimmt sie.«
»O allmächtiger Gott! Dann bedeutet das doch, daß sie überhaupt kein Geld gesucht haben, sondern irgend etwas anderes. Was gibt es denn nun so Wichtiges in einem Postamte?«

»Was weiß ich denn, Don Lollò.«
»Die Post, Calogerì, die Post natürlich!«
»Aber wenn Tamburello doch sagt, daß sie die Post gar nicht mitgenommen haben?«
»Die brauchten sie ja auch gar nicht mitgehen zu lassen, es genügte schon, sie einfach anzuschauen. Die vorgetäuschten Diebe suchten eine Adresse.«
»Heilige Maria, was haben Sie nur für einen scharfsinnigen Verstand, Don Lollò!«
»Eine geheim gehaltene Adresse, die keiner im Ort kannte.«
»Die von Pippo Genuardi!«
»Siehst du nun, daß du es verstanden hast? Aber wer interessierte sich dafür? In seiner Familie kennt sie jeder, das ist klar, aber die verraten sie nicht. Wer? Ein Freund von Pippo? Wenn es sich um einen vertrauenswürdigen Freund handelte, würde jemand aus Pippo Genuardis Familie ihm sie genannt haben. Ein Feind? Aber Pippo hat keine Feinde, die das Gefängnis riskieren würden, nur um herauszufinden, wo in Palermo er wohnt. Dann bleiben nur noch drei übrig. Ich habe mit der Sache nichts zu tun. Auch der Polizeileiter Spinoso nicht, denn er hat Tamburello ja um die Postliste gebeten. Und ich bin sicher, sobald er die Aufstellung liest, hat er die Bestätigung für das, was ihm durch den Kopf gegangen ist. Und das ist das gleiche wie bei mir.«
»Und was ist das, Don Lollò?«
»Daß es die Königlichen waren. Die Carabinieri.«
»O du mein dicker Schwanz.«

B

(Calogerino – Cavaliere Mancuso)

»Ich habe meine Würde habe ich, lieber Signor Calogerino! Ich bin keine Marionette bin ich! Richten Sie das Ihrem Commendatore Longhitano aus!«
»Cavaliere Mancuso, hier sagt keiner, daß Sie eine Marionette sind oder ein Mann ohne Würde.«
»Sie sagen das nicht, der Commendatore sagt das auch nicht, aber Tatsache ist, daß ihr beide so denkt!«
»Cavaliere, ich schwöre Ihnen, daß wir nicht so gedacht haben.«
»O nein, mein Herr, nicht so! Denn immerhin stimmt es ja wohl, daß ihr die Verschlagenheit besitzt, mir zu empfehlen, was ihr mir empfehlt! Und das bedeutet nichts anderes, als daß ihr denkt, ich sei eine Marionette!«
»Verschlagenheit, Würde … Was für Worte gebrauchen Sie da eigentlich, Cavaliere? Ich weise Sie zu Ihrem Besten darauf hin: Fangen Sie bloß nicht an, neben das Pinkelbecken zu pissen. Denn sonst könnten sich die Dinge ändern. Hab ich mich deutlich ausgedrückt? Was man denkt, Cavaliere, ist wie der Wind, mal kommt er, mal geht er, nur Tatsachen sind entscheidend. Beispielsweise ist es eine Tatsache, daß der Commendatore Ihren Sohn in dem Banco di Sicilia einstellen läßt. Deshalb sollten wir mit dieser stinklangweiligen Diskussion aufhören, was der eine und was der andere denkt.«
»Sie müssen mich verstehen, Calogerino. Don Lollò hat Sie hergeschickt, damit ich einen Brief an Filippo Genuardi schreibe, und zwar jetzt gleich, und den soll ich Ihnen aushändigen, und Sie sorgen dann dafür, daß Filippo Genuardi ihn bekommt. Ist das so richtig?«
»Ganz genau so, da irren Sie nicht.«
»Und weiterhin soll ich nach dem Wunsche des Com-

mendatore Longhitano in diesem Briefe schreiben, daß ich ihm, Filippo Genuardi, die Genehmigung für die Errichtung der Telephonmasten auf meinem Grundstück einräume, und zwar ohne daß ich eine Lira dafür sehe. Hab ich das richtig verstanden?«
»Richtig verstanden.«
»Und eben das belastet mich.«
»Wieso denn?«
»Weil ich Filippo Genuardi bereits Nein gesagt habe, und auch das wiederum auf Anweisung des Commendatore.«
»Auf Anraten.«
»Na, dann eben auf Anraten des Commendatore.«
»Und wo liegt das Problem?«
»Allmächtiger Gott, wie soll ich denn Filippo Genuardi erklären, daß ich ganz plötzlich meine Meinung geändert habe?«
»Als Sie ihm die Masten verweigert haben, haben Sie ihm da den Grund erklärt?«
»Nein. Ich habe nur ganz kurz und bündig Nein gesagt.«
»Und jetzt schreiben Sie ihm kurz und bündig Ja.«
»Ohne daß Pippo mir irgendwas gesagt hat? Ohne daß er nochmal zu mir gekommen ist und neuerlich um Erlaubnis gebeten hat? Ja, glauben Sie denn, ich sei jemand, der an einem Morgen Ja sagt und am folgenden Morgen Nein? Wer bin ich denn, etwa ein Kasperl? Eine Fahne im Wind?«
»Also, wie ist Ihre Entscheidung?«
»Daß ich mich nicht dazu imstande fühle. Ich will nicht das Gesicht verlieren.«
»Immer noch besser, das Gesicht zu verlieren als…«
»Als was?«
»…als den Arsch, zum Beispiel. Oder die Stelle für Ihren Sohn, einfach nur, um noch ein anderes Beispiel zu nennen. Ich gehe jetzt, Cavaliere Mancuso. Ich werde dem

Commendatore berichten, daß Sie ihm diese Gefälligkeit nicht erweisen können.«
»Warten Sie, was soll denn diese Eile? Es muß doch wohl erlaubt sein, daß ich mich wenigstens abreagiere, heilige Jungfrau nochmal!«

C

(Don Nenè – Polizeileiter Spinoso)

»Buongiorno, Signor Schilirò.«
»Herr Polizeileiter! Was ist passiert? Ist etwa mein …?«
»Ihrem Tochtermann was passiert? Filippo Genuardi?«
»Aber nein, wo denken Sie hin? Wieso sollte Pippo, meinem Tochtermann, denn etwas passiert sein? Sehen Sie, wenn so plötzlich ein Mann des Gesetzes vor einem auftaucht, denkt man doch gleich an hunderttausend Sachen.«
»Und unter diesen hunderttausend Sachen ist die erste ganz sicher Pippo Genuardi, der sich als einziger der Familie außerhalb von Vigàta, nämlich in Palermo aufhält.«
»Herr Polizeileiter, mein Tochtermann Pippo ist seit einiger Zeit nach Palermo umgezogen… Apropos, Sie werden mir nachher noch sagen, woher Sie wissen, daß er sich in Palermo aufhält … denn er hat die Absicht, sein Holzlager, mit meiner Hülfe, zu vergrößern. Er muß Absprachen treffen, Personen sehen, mit Großhändlern verhandeln… Sie wissen schon.«
»Signor Schilirò, reden wir Klartext. Filippo Genuardi ist nicht aus geschäftlichen Gründen nach Palermo gefahren, sondern um sich zu verstecken.«
»Das ist ja herrlich! Was kommt Ihnen denn in den Sinn?«
»Die Wahrheit. Sie können doch gar kein Theater spielen, Sie können auch nicht lügen, Sie würden dabei sicher ganz rot werden! Signor Schilirò, ich komme Sie stören, weil ich glaube, daß Ihr Tochtermann von zwei Seiten ins Visier genommen wird.«
»Zwei?«
»Tja, da wundern Sie sich, weil Sie nur von einer wissen,

die ihn unter Beschuß nimmt: nämlich der Commendatore Longhitano.«
»Und wer ist die andere Seite?«
»Die andere ist, kurz gesagt, der halbe italienische Staat.«
»Sie wollen meinen Herztod! Was erzählen Sie mir denn da? Warten Sie, ich muß das Fenster öffnen, ich kriege keine Luft mehr. O heilige Jungfrau!«
»Signor Schilirò, beruhigen Sie sich. Wenn Sie sich so entsetzen, dann erzähle ich Ihnen nichts mehr.«
»Sie machen wohl einen Witz? Sie müssen mir alles erzählen.«
»Unter einer Bedingung: daß auch Sie mir alles erzählen.«
»Sicher doch. Zu dieser Nachtzeit gibt es wohl kaum noch etwas zu verbergen.«
»Ich will eins vorausschicken. Ich spreche mit Ihnen nicht als Leiter der Polizeidienststelle, sondern als Antonio Spinoso, privater Bürger und, wenn Sie erlauben, Freund.«
»Sie machen mir aber wirklich Angst.«
»Ich fange beim Anfang an. Also. Eines Tages hatte Ihr gebenedeiter Tochtermann die unselige Idee, einen Telephonanschluß mit Ihnen haben zu wollen, und darum schrieb er drei Briefe an den Präfekten von Montelusa. Irrtümlicherweise, weil das nicht in die Zuständigkeit des Präfekten fiel.«
»Drei Briefe hat er ihm geschrieben? Wieso drei?«
»Weil die von der Präfektur ihm nicht geantwortet haben. Doch wegen einer ganzen Reihe komplizierter Geschichten war der Präfekt zu der Überzeugung gelangt, daß Filippo Genuardi ein gefährlicher Aufrührer sei, ein Subversiver.«
»Und ließ ihn einlochen! Und das Pippo, der ja noch nie gewählt hat!«
»Das ist nicht nur keine Rechtfertigung, sondern könnte

sich sogar als belastend herausstellen: Signor Genuardi geht nicht wählen, weil er nicht an diesen Staat glaubt, sondern sich einen anderen schaffen will, der ihm gefällt. Klar?«

»Dann verbessere ich mich: Pippo hat sich noch nie für Politik interessiert, er weiß nicht mal, was das überhaupt ist.«

»Hören Sie, lassen Sie mich weiterreden. Das einzige, was sicher ist, ist, daß sie ihn verhaftet und in der Polizeikartei erfaßt haben. Wäre der Polizeipräsident nicht auf meine Bitte hin eingeschritten, säße Ihr Tochtermann zu dieser Stunde immer noch im Gefängnis.«

»Ich danke Ihnen und dem Herrn Polizeipräsidenten, daß…«

»Schon gut, schon gut. Jetzt müssen Sie wissen, daß gerade in diesen Tagen sämtliche Anführer der Arbeiter- und Bauernbewegung unserer Insel in Palermo zusammengekommen sind. Die Carabinieri, die immer überzeugt waren, daß Ihr Tochtermann zu dieser Bewegung gehört, haben seine Adresse herausgefunden.«

»Aber wie denn?«

»Wie denn, wie denn… lassen wir das, das ist für Sie und auch für mich besser. Sie wissen, daß er in Palermo ist, sie wissen, wo er wohnt, und sie werden alles im Himmel und auf Erden in Bewegung setzen, um ihn in den Arsch zu ficken, indem sie den Beweis erbringen, daß er zu der Gruppe der Subversiven gehört. Das müssen sie tun, um ihr Gesicht zu wahren. Soweit das, was die staatliche Seite angeht. Was die mafiose Seite angeht, genauer gesagt den Commendatore Longhitano, darüber müssen Sie mich erleuchten. Irgend etwas ist ganz sicher zwischen den beiden vorgefallen. Und ich lege meine Hand dafür ins Feuer, daß hinter der Weigerung der Firma Sparapiano, weiterhin Holz an Ihren Tochtermann zu liefern, hinter der Weigerung der Eigentümer all der Grundstücke, durch welche die Telephonmasten verlau-

fen sollen, hinter der Inbrandsetzung des Vierrades immer unser Commendatore steckt. Was ist denn, weinen Sie?«
»Ja, sicher! Wenn ich an meinen armen Tochtermann denke, eingekeilt zwischen dem Staat und der Mafia!«
»Genuardi ist nicht der einzige, wenn Sie das tröstet. Drei Viertel aller Sizilianer stehen zwischen dem Staat und der Mafia. Aber wir können keine Zeit mit Reden verlieren. Die Lage ist ernst. Und daher ist zweierlei notwendig. Erstens: Pippo muß unverzüglich den Wohnort wechseln, er darf nicht mehr in Palermo bleiben. Zweitens: Sie dürfen Ihrem Tochtermann nicht mehr schreiben. Wer es darauf anlegt, kann, so oder so, durch die Post die neue Adresse herausbekommen.«
»Schauen Sie, Herr Polizeileiter, da ergibt sich eine Gelegenheit. Meiner Frau Lillina geht es nicht so gut, Frauenbeschwerden. In zwei, drei Tagen wird sie in Begleitung ihrer Schwester nach Palermo fahren, um sich von einem Facharzt untersuchen zu lassen. Ich werde ihn über alles durch Lillina informieren, so sind wir sicher.«
»Ausgezeichnet. Und jetzt erzählen Sie mir über Pippo und Don Lollò Longhitano.«

D

(Commendatore Longhitano – Pippo)

»Überraschung, Überraschung, Überraschung!«
»Don Lollò! Sie hier?! O heilige Jungfrau, ich bin ein toter Mann!«
»Signor Genuardi! Signor Genuardi! Was ist denn, sind Sie ohnmächtig geworden? Der ist ja völlig verkrampft, dieser Hurensohn! Aber den werde ich schon wieder aufwecken!«
»Ogottogott... Wieso schlagen Sie mich?«
»Weil Sie so aufwachen.«
»Ogott... Wollen Sie mich mit Ihren Faustschlägen umbringen?«
»Was denn für Faustschläge!? Was ist das denn für ein Gestank?«
»Ich hab in die Hose geschissen, Commendatore. Bevor Sie ... Gestatten Sie mir, daß ich bete? Darf ich den Schmerzensreichen beten? Mein Gott, ich bereue und bedauere...«
»Signor Genuardi, hören Sie mit diesem Schmierentheater auf.«
»Madonna, wie kalt mir geworden ist! Wie kalt! Darf ich mir eine Decke über die Schulter werfen?«
»Werfen Sie nur und hören Sie auf zu heulen.«
»Das kommt ganz von allein. Madonna, wie kalt es ist! Ich zittere am ganzen Körper.«
»Signor Genuardi, beruhigen Sie sich und hören Sie mir zu. Ich habe Geschäfte zu erledigen und habe mich von Montelusa nach Palermo bemüht, um die Sache zwischen Ihnen und mir zu bereinigen.«
»Entschuldigen Sie, aber... sind Sie bewaffnet?«
»Natürlich.«
»O Gott! O heilige Jungfrau! Warum ziehen Sie den Re-

volver aus der Tasche? Wollen Sie mich umbringen? Mein Gott, ich bereue und bedauere…«
»Seien Sie still! Halten Sie die Klappe!«
»Wie kann ich das? Wie kann ich denn still sein? Ich muß heulen, ich muß reden, ich muß beten…«
»Sehen Sie, den Revolver, der Ihnen so Angst macht, leg ich hier auf die Kommode, weit weg von mir.«
»Maria, wie heiß mir wird! Maria, was für eine Hitze! Ich schwitze am ganzen Körper. Könnten Sie nicht das Fenster öffnen? Ich schaff das nicht, da hinzugehen, wenn ich aus dem Bett aufstehe, stürze ich hin.«
»Dann öffnen wir also das Fenster für den jungen Herrn. Auf diese Weise verzieht sich auch der Gestank von Scheiße. Aber Vorsicht, das Fenster steht jetzt offen.«
»Was soll das heißen, he? Warum sagen Sie, das Fenster steht jetzt offen?«
»Das soll heißen, daß ich Sie, wenn Sie sich jetzt nicht gut und ruhig verhalten, aus eben diesem Fenster werfe.«
»Ich bin ja schon gut, ich bin ja schon ruhig. Sprechen Sie.«
»Also. Signor Schilirò, Ihr Schwiegervater, ist neulich zu mir gekommen, um mir zu sagen…«
»Er hat Ihnen meine Adresse in Palermo gegeben?«
»Nein.«
»Wie haben Sie's dann geschafft…«
»Die hab ich selbst herausgefunden. Und unterbrechen Sie mich nicht mehr. Ich werde nervös, wenn man mich unterbricht. Ihr Herr Schwiegervater ist zu mir gekommen, um mir zu sagen, daß ein Mißverständnis passiert ist. Einfach ausgedrückt, er hat geschworen, daß Sie und Sasà La Ferlita nicht unter einer Decke stecken, um mir einen Streich zu spielen.«
»Das beschwöre auch ich! Bei meinem Augenlichte!«
»Klappe, hab ich Ihnen gesagt. Die Worte Ihres Schwiegervaters haben mich überzeugt.«

»Heilige Jungfrau, ich danke dir!«
»Zur Hälfte.«
»Zur Hälfte? Was soll das heißen: zur Hälfte. Sie wollen mich bei gelindem Feuer schmoren.«
»Zur Hälfte. Denn ich brauche einen sicheren, klaren Beweis, daß es zwischen Ihnen und Sasà kein Einverständnis gegeben hat.«
»Na, gut. Sagen Sie mir, was für einen sicheren Beweis Sie brauchen... Sagen Sie mir, was ich tun soll, und ich tu's.«
»Ich komme gleich darauf. Indessen habe ich Ihnen zwei Briefe mitgebracht. Lesen Sie sie später. Wenn Sie wollen, sage ich Ihnen, was drin steht. Einer ist von der Firma Sparapiano, er besagt, daß es sich um einen Irrtum handelt, sie bitten Sie tausendmal um Entschuldigung und stehen zu Ihrer völligen Verfügung für alles Holz, das Sie brauchen.«
»Soll das ein Witz sein?«
»Ich mache niemals Witze, weder hierüber noch über anderes. Der zweite Brief ist von Cavaliere Mancuso. Er besagt, daß er sich die Sache noch einmal überlegt habe, daß Sie alle Masten errichten können, die Sie wollen, und er will dafür nicht einmal eine Lira. Zufrieden?«
»Sie müssen schon entschuldigen, aber vor lauter Zufriedenheit rumort mein Bauch schon wieder.«
»Halten Sie noch fünf Minuten aus. Auch für das motorisierte Vierrad suche ich mit einem Freund der Versicherung nach einem Weg, damit sie die Thaler ausspuckt, ohne uns auf die Eier zu gehen. Und damit habe ich Ihnen fühlbar zu verstehen gegeben, daß ich den Worten Ihres Schwiegervaters wirklich Glauben geschenkt habe. Zur Hälfte.«
»Und zur anderen Hälfte?«
»Tja, da wird es verzwickt. Zuerst will ich aber, daß Sie noch etwas anderes wissen: Geben Sie acht, die Carabinieri, die immer stärker davon überzeugt sind, daß Sie

mit den Subversiven zu tun haben, haben Ihre hiesige Adresse in Erfahrung gebracht. Und daher werden Sie mit Sicherheit überwacht.«

»Heilige Jungfrau! Diese Adresse kennt ja inzwischen schon jedes Schwein! Wie konnte das passieren?«

»Reden wir nicht davon.«

»Wie kann ich die dazu bringen, anders zu denken?«

»Die Carabinieri?! Anders zu denken? Wenn die erst mal mit ihrem Schwanz auf einem rumtrommeln, dann gibt es keinen Gott, der helfen kann! Ein Glück für Sie, daß der Polizeileiter Spinoso ganz anderer Meinung ist.«

»Schon wieder wird mir kalt. Maria, wie kalt! Ich zittere am ganzen Körper. Könnten Sie das Fenster schließen? Meine Knie zittern wie Ricotta.«

»Schon passiert. Um auf unser Gespräch zurückzukommen: Wissen Sie eigentlich, daß ich im Besitz der richtigen Adresse Ihres Freundes Sasà La Ferlita bin? Hier, da ist sie, aufgeschrieben auf diesen Schnipsel Papier.«

»Warum legen Sie sie mir auf die Kommode? Sie brauchen sie, wenn Sie ihn besuchen wollen.«

»Ich? Ich nicht.«

»Schicken Sie jemand anderen?«

»Ja. Sie. Aus diesem Grund lasse ich Ihnen den Revolver und die Adresse hier.«

»Mich? Und was sag ich ihm?«

»Sie brauchen nichts zu sagen. Sie gehen zu ihm und erschießen ihn.«

»Aaaaaaaaaaaaahhhhhhhhhh!«

»Anderenfalls sind Sie der Erschossene.«

Geschriebenes sechs

KOMMANDO DER KÖNIGLICHEN CARABINIERI
VON VIGÀTA

An
Seine Exzellenz den Präfekten
von Montelusa

Vigàta, am 4. Mai 1892

Betreff: Genuardi Filippo

Exzellenz!
Unter strengster Einhaltung der vom Generaldirektor der Polizei, dem Offizier Sensales, erlassenen Anweisungen informierte der Herr Polizeipräsident von Palermo per Eildepesche über das erste, am 28. April d.J. daselbst stattgehabte Treffen der Anhänger des so genannten »Arbeiterbundes«.

Unter den dort zusammengekommenen gefährlichen Aufwieglern, deren Identifizierung möglich war, erscheint erneut der Name von Filippo Genuardi, welcher bereits in dem Rundschreiben des Generaldirektors der Polizei vom 8. April d.J. auftaucht.

Nun obliegt diesem Kommando die strengste Pflicht, E.E. folgendes zur Kenntnis zu bringen:

1. Auf Grund der langen Abwesenheit des oben genannten Genuardi von Vigàta, haben wir gleich geahnt, daß dieser sich nicht aus geschäftlichen Gründen (wie einer seiner Angehörigen glauben machen wollte) wegbegeben hatte, sondern um im geheimen dunkle Fäden zu spinnen. Daher schickten wir einen unserer Carabinieri in Zivil, um, unter einem banalen Vorwande, den

Schwiegervater des Genuardi, Schilirò Emanuele, nach der Adresse von diesem zu fragen. Doch derselbe, wiewohl höchst verlegen, zeigte sich renitent und wich einer Antwort aus. Das Verhalten des Verwandten stützte nur unsere Ahnung.

2. Der ausgewählte Beamte, Licalzi Paolantonio, unterbreitete uns hinsichtlich der Suche nach dem Genuardi die Bitte, einen von ihm ersonnenen kühnen Plan zu autorisieren, mittels dessen man zweifelsfrei die Adresse des Aufwieglers feststellen könne. In einem ersten Augenblicke habe ich dies, angesichts des riskanten Planes, welcher, im verhängnisvollen Falle, daß er nicht gelänge, der Karriere des Licalzi und dem Namen dieser Armee-Einheit unzweifelhaft Schaden zugefügt hätte, entschieden abgelehnt. Trotz des wiederholten Beharrens seitens des Licalzi und des Carabiniere Trombatore Anastasio, welcher bei dem Unternehmen seines Vorgesetzten und Freundes Licalzi mitmachen wollte, blieb ich bei meiner ersten Ablehnung. Doch das Rundschreiben des Generaldirektors der Polizei, welches, die Schwere der Lage deutlich machend, zum Handeln aufrief, zerstreute alle meine Bedenken. Der kühne Plan, welcher mit Vorsicht und Diskretion umgesetzt wurde, hat das erhoffte glänzende Ergebnis erbracht: die Kenntnis der Adresse des Genuardi.

3. Nachdem wir erfahren hatten, daß der Genuardi in einer Pension in der Via Tamburello in Palermo wohnt, haben wir pflichtgemäß das dortige Kommando der Königlichen Carabinieri in Kenntnis gesetzt, welches unverzüglich die ständige Überwachung der im Betreff genannten Person verfügte.

4. Teuflischerweise muß es dem Genuardi gelungen sein, sich der unablässigen Überwachung durch Flucht zu entziehen (die Tagesberichte der Kgl. Carabinieri von Palermo deuten auf keinerlei verdächtige Bewegungen des Genuardi hin), anders läßt sich seine Teilnahme an

den Vorbereitungstreffen und an der Gründungskundgebung der »Arbeiterbünde« nicht erklären, wie man aus dem Rundschreiben des Generaldirektors der Polizei und aus dem nachfolgenden Bericht des Polizeipräsidenten von Palermo ersehen kann.

Das Obenstehende haben wir E. E. nicht aus eitler Prahlerei um unsere Verdienste zur Kenntnis gebracht, denn unser Motto ist ja »Schweigend gehorchen und schweigend sterben«, sondern um über die weiteren Maßnahmen unterrichtet zu werden, welche gegen den Genuardi eingeleitet werden sollen, sobald er wieder nach Vigàta zurückkehrt.

Sich allein auf die wie auch immer aufmerksame Überwachung eines Individuums wie des Genuardi zu beschränken, welcher sich durch große Fähigkeit des Abtauchens (bisweilen scheint er mit der Gabe der Ubiquität ausgestattet zu sein) und durch offenkundige soziale Gefährlichkeit auszeichnet, scheint uns, und E. E. möge uns die Kühnheit verzeihen, eine absolut unangemessene und unzureichende Maßnahme, zumal es dabei auch noch um das einzigartige Verhalten des Leiters der Polizeidienststelle von Vigàta, Antonio Spinoso, geht, welcher in einer Weise handelt, die nicht nur als zögerlich, sondern als ausgesprochen feindselig im Hinblick auf unsere Ermittlungen bezüglich des Genuardi zu bezeichnen ist. Und dabei handelt es sich nicht etwa um stillschweigende Duldung, sondern um unaufmerksame Stumpfsinnigkeit.

Womöglich wäre, im Falle des Genuardi, eine Hausarrestverfügung mehr als angemessen.

Ergebenst

Der Kommandant des Kommandos
der Kgl. Carabinieri
(*Tenente Ilario Lanza-Scocca*)

KÖNIGLICHE PRÄFEKTUR VON MONTELUSA

Der Präfekt

An den
Hohen Offizier
Arrigo Monterchi
Polizeipräsident von Montelusa

Montelusa, am 6. Mai 1892

Herr Polizeipräsident,
mit diesem Schreiben theile ich Ihnen mit, daß eine allseitige Besserung meiner Gesundheit, welche durch einen Sturz, über den Sie *gewißlich in allen Einzelheiten* unterrichtet wurden, erheblich eingeschränkt war, es mir erlaubt hat, die Zügel der Präfektur wieder fest in die Hand zu nehmen. Und zwar schon seit einigen Tagen. Außerdem will ich Sie davon in Kenntnis setzen, daß mein ehemaliger Kabinettschef, Parrinello Corrado, auf mein dringliches Ersuchen hin zur Präfektur von Sassari (Sardinien) versetzt wurde, wo er die Aufgaben eines Hauptarchivars wahrnimmt. Das Verhalten dieses niederträchtigen Individuums gegenüber meiner Person kann man nur als unwürdig und unflätig bezeichnen. Meinen vorübergehenden, auf die harten Proben des Lebens zurückzuführenden Zustand der Verwirrung ausnützend, hatte er es systematisch darauf angelegt, mich nicht über Vorkommnisse zu unterrichten, welche mein sofortiges Einschreiten verlangt hätten. Nicht zufrieden damit, setzte er den gerechtfertigten Vorhaltungen der Bittsteller die Verschlechterung meines Gesundheitszu-

standes entgegen, womit er mich vor den Augen aller zu einem Stück Schrott, zu einer Belastung für die Präfektur herabwürdigte. Ich brauche mich hier nicht weiter über die Vergehen des Parrinello auszulassen, über welche Sie zudem ja *bestens im Bilde sein müßten.*

Ich setze Sie davon in Kenntnis, daß ich mit dem gestrigen Tage Dottor Giacomo La Ferlita zu meinem Kabinettschef ernannt habe, einen loyalen und großzügigen Mann, der mir die zu meinem Nachtheile ersonnenen Mauscheleien und Kungeleien des Parrinello enthüllte. Unter anderem hat Dottor La Ferlita mir seinen Verdacht zum Ausdruck bringen wollen, daß mein Sturz auf der Treppe keineswegs zufällig war, sondern durch Ränke des Parrinello zustande kam, und zwar aus reiner Machtgier, um so die Provinz an meiner Statt zu regieren. Leider kann Dottor La Ferlita keinen Beweis dafür erbringen, sonst hätte ich gerne Strafanzeige gegen meinen früheren Kabinettschef wegen versuchten Mordes bei der Staatsanwaltschaft gestellt.

Zu Ihrer Kenntnisnahme informiere ich Sie darüber, daß vom Kommandanten der Legion der Königlichen Carabinieri in Palermo meiner Bitte um Verhaftung des sich dort aufhaltenden Genuardi Filippo entsprochen wurde. Diese Maßnahme wurde von mir ergriffen, nachdem ich einen detaillierten Bericht vom Kommando der Kgl. Carabinieri in Vigàta erhalten hatte, den ich Ihnen hier in Abschrift beifüge. Bereits in der Vergangenheit hatte Tenente Lanza-Scocca auf die Gefährlichkeit des Genuardi hingewiesen, doch aus finsteren Gründen, die er mir nicht hatte nennen wollen, war es dem Parrinello gelungen, mir diese Hinweise vorzuenthalten.

Ich fordere Sie offiziell auf, ein Disziplinarverfahren gegen Ihren Untergebenen Antonio Spinoso, Leiter der Polizeidienststelle in Vigàta, einzuleiten, dessen Verhalten immer ein Hindernis für die hervorragende Arbeit der Kgl. Carabinieri dargestellt hat.

Großzügigerweise schließt Tenente Lanza-Scocco eine wie auch immer geartete geheime Absprache zwischen dem Genuardi und dem Spinoso aus. Ich bin dem gegenüber anderer Meinung, ich habe die Befürchtung, daß die geheime Absprache sogar *anderer und bedeutenderer Art* ist. Sed de hoc satis.

Hochachtungsvoll

Der Präfekt
(*Vittorio Marascianno*)

(*Vertraulich*)

An den
Herrn Polizeipräsidenten
von Montelusa

Vigàta, am 8. Mai 1892

Herr Polizeipräsident,
wir sind wieder bei Null! Ich weiß nicht mehr, ob ich lachen oder weinen soll. Ich werde versuchen, ordentlich zu antworten, obwohl die Wuth mir die Tränen in die Augen treibt und meine Hand zittern läßt.

Der Genuardi F. (mit Punkt), welcher in dem Rundschreiben der Generaldirektion der Polizei erwähnt wird und, ebenfalls als F. mit Punkt, wieder in dem Berichte auftaucht, welcher der Herr Polizeipräsident von Palermo an seine Kollegen auf der Insel gesandt hat, muß nicht nothwendigerweise Filippo heißen, wie die Königlichen Carabinieri von Vigàta einseitig autoritär festgelegt haben. Sein Taufname könnte auch nach Belieben Filiberto, Federico, Fulvio usw. lauten.

Und in der That handelt es sich um den Genuardi Francesco, 42 Jahre alt (mithin zehn Jahre älter), Sohn der Barresi Cettina und des Genuardi Nicolò Gerlando, zwar in Vigàta geboren und folglich beim hiesigen Geburtsregister eingetragen, doch von seinen Eltern im Alter von drei Monaten nach Palermo gebracht und daselbst bis auf den heutigen Tag wohnhaft.

Der Genuardi Francesco, darauf weise ich ausdrücklich hin, hat keinerlei verwandtschaftliche Beziehungen zu dem Genuardi Filippo.

Francesco Genuardi ist ein alter Bekannter sämtlicher Polizeipräsidien und Polizeidienststellen auf Sizilien, insofern er ein gewaltthätiges, raufsüchtiges, dem Trinken ergebenes Individuum ist, immer bereit zu Händeln und zum Aufruhr. Er ist mehrfach verurtheilt worden.

Daß der Genuardi Filippo nicht einmal in Gedanken an der Gründung des »Arbeiterbundes« theilgenommen hat, wird hinlänglich durch den Bericht bewiesen, welcher mir eben gestern durch meinen Kollegen Battiato Vincenzo zugegangen ist (und welchen ich hier beifüge). Diesen meinen Kollegen hatte ich eigens gebeten, die Bewegungen des Genuardi Filippo zu beobachten, allerdings aus völlig anderen Gründen als denen der Kgl. Carabinieri.

Ich schicke voraus, daß, während die Kgl. Carabinieri von Vigàta sich in den Besitz der Adresse des Genuardi Filippo durch eine illegale und mit schwerer Strafe zu ahndende Vorgehensweise gebracht haben (ich mag Ihnen diese gar nicht enthüllen; würden Sie es erfahren, müßten Sie offiziell ermitteln), habe ich sie ganz einfach dadurch erhalten, indem ich das Vertrauen des Schwiegervaters des Genuardi gewann.

Herr Polizeipräsident: Wenn ich den Genuardi Filippo in Palermo von der Polizei beaufsichtigen lasse, dann deshalb, weil ich um sein Leben fürchte.

Es ist, wie ich Ihnen bereits geschrieben habe, meine Überzeugung, daß hinter den Mißgeschicken des Genuardi der jüngsten Zeit die Hand jenes von mir erwähnten ehrenwerthen Mannes steckt, dessen Name Don Calogero (»Lollò«) Longhitano ist, ein Commendatore (!).

Ich habe nämlich erfahren, daß in diesen Tagen der Longhitano aus einem der Grundstückseigner, Filippo Mancuso, einen zustimmenden (vorher ablehnenden) Brief für die Errichtung der Masten auf dem ihm gehörenden Gelände erpreßt hat. Gleichzeitig hat der Longhitano es bewerkstelligt, daß die Firma Sparapiano von ihrem ursprünglichen Plan abläßt, den Genuardi nicht mehr länger mit Holz zu beliefern.

Dies hat mir noch mehr Sorgen gemacht. Es handelt sich dabei nämlich nicht, wie jemand, der mit den Systemen der Mafia nicht vertraut ist, glauben könnte, um Zeichen für einen Friedensschluß seitens des Longhitano. Ganz im Gegentheile. Er wirkt auf den Willen des Genuardi auf die gleiche Weise ein wie die Bauern, wenn sie einen störrischen Esel vorantreiben wollen: mit Karotte und Peitsche.

Die Frage, die ich mir stelle, ist folgende: Auf welchen Weg will Longhitano den Genuardi bringen? Und wird er, im Falle, daß er auf beharrliche Weigerung stößt, die Peitsche so lange benutzen, bis der Genuardi umgebracht ist?

Unterdessen kann ich Ihnen vorab bereits mittheilen, was Sie in dem Bericht meines Kollegen Battiato aus Palermo in allen Einzelheiten nachlesen können: Während der Zeit seines Aufenthaltes in der Pension in der Via Tamburello hat der Genuardi lediglich zweimal Besuch erhalten. Den ersten, von etwas über einer Stunde Dauer, von eben diesem Longhitano; den zweiten, von über vierstündiger Dauer, von der jungen Gattin seines Schwiegervaters. Nach diesem letzten Besuche ist er spurlos verschwunden, wodurch er der vom Präfekten von Montelusa angeordneten Verhaftung entging.

Irgend etwas geschieht: Entweder hat der Genuardi sich auf den von Longhitano gewollten Weg begeben, oder er ist geflohen, um diesem nicht zu gehorchen, und folgte damit einem Vorschlag seines Schwiegervaters, welcher ihm durch die Gattin, Signora Lillina, übermittelt worden war.

Ich kann die Kollegen in Palermo in keiner Weise um größere Mitarbeit bitten: Sie sind im Augenblick viel zu sehr mit der Erfassung der Politischen und der Vernachlässigung der Mafiosen beschäftigt. Entschuldigen Sie, wenn ich vor Wuth schnaube. Jedenfalls, um damit noch einmal auf den Brief des Präfekten zurückzukommen, theile ich Ihnen mit, daß ich, wofern Sie es für angebracht halten, bereit bin, meinen Rücktritt vom Amte einzureichen.

Ihr Ihnen aufrichtigst ergebener

Antonio Spinoso

»LA GAZZETTA DI PALERMO«

Tagblatt

Hg. G. Romano Taibbi 9. Mai 1892

MORDVERSUCH MIT UNFALL

Als Signor Rosario La Ferlita gestern seine Wohnung in der Via Oreto Nr. 75 verließ, flüchtete er plötzlich, weil er jemanden gesehen hatte, der ihm in der Nähe des Portales auflauerte. Thatsächlich feuerte diese Person, als sie den La Ferlita bemerkt hatte, einen Schuß aus einer Feuerwaffe auf diesen ab, welcher das Opfer in die linke Wade traf. Der Knall scheute ein Pferd auf, das an einen mit Obst beladenen Karren gebunden war. In seinem erschreckten Galopp begrub das Thier mit seinem Karren den La Ferlita unter sich.

Auf der Stelle wurde der Pistolenschütze von Signor Signorello Angelo, einem Gefängnisaufseher, der gerade vorbeikam, festgenommen und ins Gefängnis geführt. Bei dem Schützen handelt es sich um den Genuardi Filippo, 32 Jahre, wohnhaft in Vigàta (Montelusa). Zu dem Ereignis wollte er sich nicht äußern, vielmehr vergrub er sich in tiefstes Schweigen.

Sonderbares Detail: Genuardi war im Besitze eines zeitlich befristeten Waffenscheines, welcher von der zuständigen Behörde am 8. d. M. ausgestellt worden war, fast so, als habe Genuardi gewartet, daß er dem Gesetz genüge thue, bevor er den versuchten Mord beging!

Der La Ferlita wurde ins Hospital »Beata Vergine« eingeliefert. Außer an seiner Verwundung am linken Bein leidet er an zahlreichen Knochenbrüchen und an einer Gehirnerschütterung, was auf den Karren zurückzuführen ist, der ihn unter sich begraben hatte.

Die Polizei ermittelt.

»LA GAZZETTA DI PALERMO«
Tagblatt

Hg. G. Romano Taibbi — 10. Mai 1892

NEUE ANSCHULDIGUNGEN GEGEN GENUARDI

Filippo Genuardi, 32 Jahre, aus Vigàta, hat im Gefängnis Ucciardone, wo er sich wegen versuchten Mordes an Rosario La Ferlita befindet, einen weiteren Vorbeugehaftbefehl erhalten. Dieser betrifft subversive Thätigkeiten, Theilnahme an aufhetzerischen Versammlungen, versuchten Betrug zum Schaden der *Fondiaria Assekuranzen*, vorsätzliche Brandstiftung, Störung der öffentlichen Ordnung. Die Maßnahme ist von unserem Gericht auf Bitten der Präfektur von Montelusa hin erlassen worden.

Genuardi, welcher die Gründe für seine That noch nicht enthüllt hat, hat Advokat Orazio Rusotto zu seinem Verteidiger bestellt, eine herausragende Persönlichkeit des Gerichtshofes von Palermo. Wie wir erfahren, ist der allgemeine Gesundheitszustand von Signor La Ferlita weiterhin äußerst bedenklich. Dottor Pietro Mangiaforte, der Chefarzt des Hospitales, hat bei dem Patienten unter anderem einen schweren Gedächtnisverlust festgestellt, welcher auf das Gehirntrauma zurückzuführen ist.

Der Bruder von La Ferlita, Dott. Giacomo, derzeit Kabinettschef des Präfekten von Montelusa, ist im Namen des Rosario La Ferlita als Nebenkläger gegen Genuardi aufgetreten. Er wird bei Gericht durch Advokat Rinaldo Rusotto vertreten, den jüngeren Bruder des Verteidigers von Genuardi.

Dottor Giacomo La Ferlita hat ausdrücklich darauf hinweisen wollen, daß das dem Advokaten Rinaldo Rusotto ertheilte Mandat sich *ausschließlich* auf das verbrecherische Vorkommnis der Verletzung beziehe.

MINISTERIUM DES INNEREN
GENERALDIREKTION DER POLIZEI

Der Generaldirektor

An die
Herren Präfekten
von SIZILIEN
Amtssitze

An die
Herren Polizeipräsidenten
von SIZILIEN
Amtssitze

Rom, am 16. Mai 1892

Wie Euere Exzellenzen und Herren sicher wissen, ist mit Datum des vergangenen 5. Mais eine neue Regierung unter dem Vorsitz Seiner Exzellenz Giovanni Giolitti berufen worden.

Von der ersten Zusammenkunft des Ministerrates an hat der Vorsitzende, wie aus einer Mittheilung S. E. des Ministers des Inneren hervorgeht, den eindeutigen und entschlossenen Willen zum Ausdruck gebracht, grundlegende Reformen im bisherigen Verhalten der Ordnungskräfte gegenüber all jenen, die in mehr oder weniger deutlicher Form Vorstellungen von einer gesellschaftlichen Erneuerung geäußert haben oder weiterhin äußern, durchzuführen.

Seine Exzellenz Giolitti hat außerdem hinzugefügt,

daß es sein Vorsatz sei, allen Bürgern Gedankenfreiheit, Meinungsfreiheit und die Möglichkeit des freien Zusammenschlusses zu gewährleisten, wobei er sich persönlich zur Überwachung verpflichtet, um sicherzugehen, daß seine Vorgabe von den zuständigen staatlichen Stellen auch wirklich in die That umgesetzt wird. Einstweilen hat mir S. E. der Minister des Inneren die nachfolgenden Anweisungen zukommen lassen, welche ohne jede bürokratische Verzögerung *bindend* durchgeführt werden müssen:

1. Unverzügliche Einstellung der karteiamtlichen Erfassung.
2. Unverzügliche Einstellung des Abfangens und der Kontrolle von Postsendungen.
3. Unverzügliche Einstellung von Beschattungen, Durchsuchungen usw.
4. Unverzügliche Einstellung der Weiterleitung von Informationen an Banken, Staatliche Einrichtungen, Behörden bezüglich der politischen Vorstellungen eines jeden Bürgers.
5. Herausgabe an alle, die darauf Anspruch haben, von jedwedem aus politischen Gründen beschlagnahmten Dokument.

Diese Generaldirektion ist bereit, auf alle Fragen zu antworten, die sich im Zusammenhange mit diesen Anweisungen ergeben könnten.

Bei Gewaltthaten oder bei Störung der Öffentlichen Ordnung wird stillschweigend vorausgesetzt, daß wie bisher verfahren wird, allerdings mit dem Strafgesetzbuch in der Hand.

Euere Exzellenzen und Herren empfangen unsere Wünsche für eine guthe Arbeit.

Der Generaldirektor der Polizei
(*Giuseppe Sensales*)

P. S. *Nur zum Zwecke der Dokumentierung* des ungeheueren Arbeitsumfanges, der sich auf Grund der Anweisungen der vorhergehenden Regierung Di Rudinì ergeben hat, halte ich es für sinnvoll, daß das gesamte angesammelte Material (Karteikartenerfassungen, Berichte, Adressen, anonyme Briefe, verschiedene Ergebnisse) nicht zerstört und noch viel weniger verbrannt wird: es soll vielmehr in geordneten, unverzüglich greifbaren Mappen archiviert werden.

(Vertraulich)

An
S. E. Vittorio Marascianno
Privatwohnung
Königliche Präfektur von
Montelusa

Rom, am 18. Mai 1892

Theuerster Marascianno,
mit großer Freude habe ich Ihren Brief vom 10. Mai d. J. erhalten, mit welchem Sie mir die Besserung Ihres Gesundheitszustandes nach dem fürchterlichen Sturze anzeigen, und ich bitte Sie, mir zu glauben, daß ich darüber äußerst glücklich bin.

Ich komme gleich und ganz offen auf den Punkt zu sprechen.

Von mehreren Seiten bin ich über eine Verhaftung unterrichtet worden, welche Sie »willkürlich« gegenüber einem gewissen Genuardi Filippo aus Vigàta veranlaßt haben sollen.

Ich habe gründliche Ermittlungen durchführen lassen, nicht, um Ihre Handlungsweise in Frage zu stellen, sondern um Sie vor einem ungewollt irrigen Zug zu bewahren, auch weil es die erklärte Absicht der neuen Regierung ist, für eine allgemeine Beruhigung der Gemüther zu sorgen.

Nun haben die Ermittlungen die Geringfügigkeit (wenn nicht gar die Unbegründetheit) der Beweise erbracht, auf denen sich Ihre Anschuldigung stützt. Sicher sind Sie *durch fehlerhafte Informationen einer Täuschung erlegen*.

Sie wissen, daß ich es war, der, um einem Menschen, der mir überaus lieb und theuer war, einen Gefallen zu erweisen, Ihnen die Karriere ermöglicht hat, wie man zu sagen pflegt, und Ihnen bei den ersten unsicheren Schritten beistand: daher gebe ich Ihnen in Ihrem eigenen Interesse den väterlichen Rath, den Genuardi unverzüglich in die Freiheit zu entlassen, sofern er wegen politischer Vergehen angeschuldigt wird. Sollte er aber wegen anderer Vergehen einsitzen (und dies scheint so), müßte Genuardi im Gefängnis verbleiben, könnte sich aber ganz sicher nicht als Verfolgter des Staates ausgeben, und zwar in Gestalt der Person, welche diesen repräsentiert.

Ich habe aus eigenem Ermessen veranlaßt, daß Ihnen ein Monat Genesungsurlaub gewährt wird.

Mit einem freundlichen Gruß
Giuseppe Sensales

KÖNIGLICHE PRÄFEKTUR VON MONTELUSA

Der Präfekt

An den
Hohen Offizier
Dott. Pompilio Trifirò
Richter am Strafgericht
Palermo

Montelusa, am 19. Mai 1892

Betreff: Genuardi Filippo

Herr Richter,
ich setze Sie hiermit davon in Kenntnis, daß ich mit Datum von heute genaue Verfügungen erlassen habe, wonach die Anklage wegen subversiver Umtriebe, Störung der Öffentlichen Ordnung, vorsätzlicher Inbrandsetzung, versuchten Betruges zum Nachtheile der *Fondiaria Assekuranzen* gegen die im Betreff genannte Person unverzüglich zurückgezogen werden soll.

Diese fußte auf der schuldhaften Unachtsamkeit des Kommandanten des Kommandos der Königlichen Carabinieri von Vigàta, welcher, nicht zufrieden damit, einer unseligen Personenverwechslung aufgesessen zu sein, glaubte, daß der Genuardi eine Reihe verbrecherischer Strafthaten begangen habe, um daraus Vortheile für sich herauszuschlagen.

Sie werden mit Sicherheit verstehen, was mich diese

Rücknahme kostet, doch »amicus Plato sed magis amica veritas«!

Mich für die Unannehmlichkeit entschuldigend, die ich Ihnen verursache, Ihr

Der Präfekt von Montelusa
(*Vittorio Marascianno*)

GENERALKOMMANDO DER KÖNIGLICHEN CARABINIERI
DER GENERALKOMMANDEUR FÜR SIZILIEN

An den
Tenente Ilario Lanza-Scocca
Kommando der Königlichen Carabinieri
Vigàta

Palermo, am 10. Juni 1892

Tenente!

Sie haben, auf Grund von Beweggründen, welche mir entgehen, doch gleichwohl von der Ermittlung, welche ich heute noch gegen Sie eingeleitet habe, ans Licht gebracht werden, nicht nur mit ungehörigem Leichtsinn gegenüber S.E. dem Präfekten von Montelusa gehandelt, sondern auch einige der Höchsten Autoritäten des Staates dem Spott und Hohne preisgegeben.

Indessen sind meine Verfügungen bezüglich Ihres unwürdigen Verhaltens folgende:

1. Auferlegung der feierlichen Mißbilligung, welche in Ihre Personalakte aufgenommen wird.
2. Arrest von 20 (zwanzig) Tagen
3. Versetzung zum Kommando der Königlichen Carabinieri von Oristano (Sardinien) als Untergebener, und zwar innerhalb des Zeitraumes bis zum 30. August d.J. und nicht später.

Der Generalkommandeur
(*Carlo Alberto de Saint-Pierre*)

Gesagtes sechs

A

(Advokat Orazio Rusotto)

... und daher bleibt mir nur, Sie um Verzeihung zu bitten wegen meiner langen Vorrede, die immer noch nicht darauf zu sprechen kommt, worum es bei dem hier verhandelten Prozesse eigentlich geht ... O Gott! Habe ich das wirklich gerade eben gesagt? Signor Presidente, Signori dieses Hohen Gerichtes, helfen Sie mir, ich bitte Sie! Habe ich wirklich gesagt: »die nicht darauf zu sprechen kommt, worum es hier eigentlich geht«? Nun, Signori dieses Hohen Gerichtes, dann habe ich mich wohl geirrt! Zum ersten Male sieht sich Advokat Orazio Rusotto gezwungen, in aller Öffentlichkeit zuzugeben, daß er sich geirrt hat, daß er einem außerordentlich schwerwiegenden Irrtume aufgesessen ist! Denn in Wirklichkeit geht alles, was ich bis zu diesem Augenblicke gesagt habe, um das Eigentliche, und zwar um das eigentliche Eigentliche! Denn auf die gleiche Weise, wie mein Mandant, Filippo Genuardi, miterleben mußte, wie er auf Grund einer einfachen, schlampigen Verwechslung von Personen sich zu einem subversiven Leugner Gottes, des Vaterlandes und der Familie verwandelte, auf die gleiche Weise, so wiederhole und betone ich, setzt man sich hier der Gefahr aus, eine großmütige, selbstlose Handlung Genuardis in eine verbrecherische Tat umzudeuten.
Der Justizirrtum, Signori dieses Hohen Gerichtes, ist die ungeheuerliche Gefahr, welche über jedem Prozesse schwebt. Die Frage, welche das Gehirn, das Herz, das Gefühl eines jeden Mannes zermartert, der Recht auszuüben hat, und ihn des Nachts keinen Schlaf finden läßt, ist immer die gleiche: Sollte ich mich irren?
Daher halte ich mich streng an die Fakten, die konkre-

ten, die schwerwiegenden, welche außerhalb jedes noch so geringsten Zweifels stehen.
Der Zeuge Patanè Giovanni, der einen Obst- und Gemüsestand unmittelbar neben dem Portal jenes Hauses hat, in welchem Signor La Ferlita wohnt, hat *unter Eid* ausgesagt, er habe gesehen, wie der Genuardi den Revolver gezogen und in die Luft geschossen hat.
Die Zeugin Cannistrello Pasqualina, Hausiererin, hat *unter Eid* erklärt, sie habe gesehen, wie der Genuardi »auf Spätzlein schoß«, wie sie sich so farbig ausdrückte: er schoß auf Vögel, das heißt in die Luft.
Wollen Sie, daß ich Sie hier mit noch sieben weiteren Zeugen langweile, die alle übereinstimmend *unter Eid* das gleiche ausgesagt haben? Sind sie alle unterschiedslos Meineidige? Wenn das so ist, fordere ich Sie, Herr Staatsanwalt, hiermit in aller Form auf, offiziell gegen sie alle wegen falscher Zeugenaussage zu ermitteln.
Wenn Sie das nicht tun, bedeutet das stillschweigend, daß die Zeugen die Wahrheit sagten, das heißt, daß mein Mandant in die Luft geschossen hat.
Kommen wir dann zur Zeugenaussage des Gefängnisaufsehers, der den Genuardi verhaftet hatte. Der Aufseher erklärte *unter Eid*, daß er, in eben dem Augenblicke, in dem der Genuardi schoß, dabei war, ein paar Birnen am Stand des Zeugen Patanè auszusuchen, und es war der Knall des Schusses, der ihn blitzschnell herumfahren ließ.
Er sah, so seine wörtliche Darstellung, »wie der Genuardi seine bewaffnete Hand nach unten senkte«, mithin ist er absolut nicht in der Lage, eine eindeutige Aussage darüber zu machen, ob der Genuardi in die Luft oder in Richtung La Ferlitas geschossen hat. Er hat außerdem noch gesagt, daß im Augenblicke der Festnahme der Schütze nicht nur keinen Widerstand leistete (und das, obwohl er noch die rauchende Waffe in der Hand hielt, während der Aufseher unbewaffnet war),

sondern völlig willenlos schien, so als wäre er benommen. Damit bleibt festzustellen, daß es niemanden gibt, der bezeugen könnte, gesehen zu haben, daß der Genuardi den Revolver auf den La Ferlita gerichtet hatte. Signor Presidente! Signori dieses Hohen Gerichtes!
Mit einfachen, mit schlichten Worten werde ich Ihnen die Wahrheit der Fakten darlegen, so wie ich sie den gebrochenen, tief bewegenden, untröstlichen Worten des Genuardi entnommen habe, eines tief in seiner Ehre verletzten und gedemütigten Mannes, eines Mannes, mit dem, so scheint es, ein zynisches, hinterhältiges Schicksal ein höhnisches Spiel treiben will! Doch bedenken Sie, die Geschichte, die er mir erzählt hat, wollte ich Punkt für Punkt auf ihren Wahrheitsgehalt überprüfen, denn niemand, weder in diesem Saale noch außerhalb dieses Saales, hat jemals behaupten können, daß Advokat Orazio Rusotto die Verteidigung eines Menschen übernommen habe, von dessen Unschuld er nicht zutiefst überzeugt war.
Vor einiger Zeit ist Filippo Genuardi aus geschäftlichen Gründen aus seinem heimatlichen Vigàta nach Palermo gezogen. Dort erfuhr er zufällig die Adresse seines Landsmannes und brüderlichen Freundes Rosario La Ferlita, dessen Spuren er verloren hatte. Genuardi und La Ferlita, Freunde seit Kindestagen, jahrelang Banknachbarn in derselben Schulklasse, haben später den Gefühlsrausch der ersten Liebschaften miteinander geteilt, auch die ersten Enttäuschungen, sie vertrauten sich gegenseitig alles an. Sie waren unzertrennlich, in Vigàta nannte man sie nur »Castor und Pollux«. Zu jedem Augenblicke waren sie bereit, einander zu beschützen, zu jedem Augenblicke bereit, alles miteinander zu teilen, Brot, Geld, das Glück. Als Genuardi heiratete, verschuldete sich La Ferlita bis zum Halse, um den Brautleuten ein kostbares Geschenk zu machen. Als La Ferlita krank wurde, wachte Genuardi Tag und Nacht über ihn. Ach, die Freund-

schaft! Dieses Gottesgeschenk, dessen sich nur die Menschen auf Grund der Güte unseres Schöpfers voll und ganz auf der Erde erfreuen können! Erinnern Sie sich Ciceros, des großen Cicero? »Quid dulcius quam habere, quicum omnia audeas sic loqui ut tecum?« Basta! Ich will mich nicht von Gefühlen hinreißen lassen, noch will ich Sie von Gefühlen wegreißen lassen. Und daher war es, angesichts all des Gesagten, nur natürlich, daß mein Mandant seinen Freund besuchen ging, den er schon so lange nicht mehr gesehen hatte. In der Nähe des Portales angekommen, sah er, daß sein Freund aus dem Hause herausgerannt kam. Warum rannte La Ferlita? Ganz sicher nicht, um der Begegnung mit Genuardi auszuweichen, den er im übrigen auch gar nicht bemerkt hatte, sondern weil er beträchtlich verspätet war für ein tags zuvor verabredetes Treffen mit Signor Galvaruso Amilcare. Der nämliche Galvaruso hat *unter Eid* bestätigt, daß dies die Wahrheit sei. Ich muß, so leid es mir tut, hier eine Zwischenbemerkung einfügen. Der Chronist der hiesigen Tageszeitung hat, als er über dieses Ereignis berichtete, geschrieben, daß La Ferlita anfing zu rennen, sobald er erkannt hatte, daß Genuardi sich dort aufgestellt hatte. Da sehen Sie, Signori dieses Hohen Gerichtes, wie die Fakten verfälscht werden! Da sehen Sie, wie die Presse die Wahrheit verbiegt und in der öffentlichen Meinung Schwaden von Schuldhaftigkeit erzeugt, noch bevor die Fakten überhaupt geklärt sind. Und diese Handlungsweise bar jeder Verantwortung bereitet den fruchtbaren Humus für den Justizirrtum. Und erlauben Sie mir, Sie nur ganz beiläufig daran zu erinnern, daß der, welcher hier zu Ihnen spricht, ganze zwei Male selbst das Opfer eines Justizirrtums war und unschuldig im Gefängnis einsaß, doch am Ende hat die Gerechtigkeit die Wahrheit wiederherzustellen vermocht, und ich, ein unschuldiger Ex-Angeklagter, stehe hier, um einen anderen Unschuldigen vor einem Justizirrtum zu schützen, ich, der ich am eigenen Leibe und im eigenen Gemüte die schreckliche Wunde der verweigerten Schuldlosigkeit zu spüren bekommen habe. Ende der Zwischenbemerkung.

Also, ich sagte, daß Genuardi, als er in die Nähe des Portales kam, sah, wie sein Freund im Laufschritt das Haus verließ. Er war schon im Begriff, ihn zu rufen, als er, zu seinem Entsetzen, sah, wie ein scheuendes, an einen schweren Karren gebundenes Pferd direkt auf La Ferlita zuhielt, welcher unterdessen gestolpert und auf die Erde gestürzt war. Blitzartig, um noch Schlimmeres zu verhindern, zog Genuardi, beim Versuch, das Pferd in seinem mörderischen Galopp aufzuhalten, seinen Revolver und feuerte einen Schuß in die Luft. Leider, leider setzte das Pferd, trotz des Schusses, seinen verhängnisvollen Galopp fort.

Das ist alles! Dies ist die eindeutige, unmißverständliche Wahrheit. Ah, ich habe verstanden! Unter Ihnen gibt es den einen oder anderen, der sein Lachen kaum zurückhalten kann. Schon verstanden. Ich errate bereits, was der eine oder andere unter Ihnen mich fragen will: »So nicht, teurer Advokat Rusotto, du erzählst uns die Sache nicht so, wie sie sich abgespielt hat! Wie kommt es denn, daß die Kugel ins Bein des auf der Erde liegenden La Ferlita drang, wenn Genuardi in die Luft geschossen hat?« Glauben Sie mir, Signori dieses Hohen Gerichtes, Sie stellen mir eine Frage, die ich als erster mir in langen qualvollen Nächten gestellt habe. Und sich selbst hatte Genuardi die gleiche Frage mit unendlicher Zerrissenheit gestellt. Signor Presidente! Signori dieses Hohen Gerichtes!

Die unbestreitbare Antwort auf diese quälende Frage ist mir erst vorgestern durch den Scharfsinn und durch die Wissenschaft des überaus angesehenen Professors Aristide Cusumano-Vito gekommen, dieser außergewöhnlichen Kapazität auf dem Gebiete der Ballistik. Professor

Cusumano-Vito ist, wie wir alle in diesem Hohen Gerichte wissen, auf Grund eines Leberzirrhoseleidens vor nunmehr zwei Wochen für immer von uns gegangen. Doch wollte er das Gutachten selbst noch erstellen, wenngleich auch mit zitternder Hand, so daß seine Handschrift auf Grund der furchtbaren Schmerzen, die sich wie Zangen um ihn schlossen, teilweise unleserlich ist. Der Sohn des Professors, welcher dieses Dokument unter den Papieren seines Vaters fand, hat es mir zu einem Zeitpunkte übergeben, als ich schon alle Hoffnung verloren hatte, es jemals zu bekommen. Ich lege hier das Gutachten vor und beantrage, daß es zu den Akten genommen wird.

In diesem stellt Professor Cusumano-Vito fest, daß der Schuß, kaum daß er abgefeuert worden war, in die Höhe stieg, doch nur für einen kurzen Augenblick, denn gleich darauf schlug er auf seiner Bahn an das Eisengitter des Balkones, unter welchem sich Genuardi befand. Die Kugel prallte im spitzen Winkel zurück und traf La Ferlita am Beine.

Mein Mandant hat mit äußerster Geistesgegenwart in die Luft geschossen, um zu verhindern, daß dem geliebten Freunde, dem Bruder! ein Unheil …

B

(*Sasà – Giacomo La Ferlita*)

»Endlich, endlich, endlich! Glückselig die Augen, die dich erblicken! Seit dem achten Mai liege ich hier verkrüppelt im Bett irgendeines Hospitals, und du bist mich nicht ein einziges Mal besuchen gekommen! Was für einen tollen Bruder ich doch habe! Auf den kann ich mächtig stolz sein!«

»Hast du genug Dampf abgelassen, Sasà? Darf ich jetzt reden? Glaub mir: Seit ich Kabinettschef der Präfektur geworden bin, finde ich nicht mal mehr eine Minute Zeit zum Essen, ich stecke bis über dem Kopf in Arbeit, da ist von Zeit für eine Reise von Montelusa nach Palermo überhaupt keine Rede! Behandelt man dich gut hier im Hospital?«

»Gut? Was die Behandlung angeht, ist sie gut. Aber es kommt mir vor, als wär ich im Gefängnis, Giacomì.«

»Was redest du denn da für ein Zeug?«

»Sieh doch selber: Kaum war ich im Hospital, hat man mich in dieses Zimmer eingeschlossen, ich kann niemanden sehen, niemand darf hier herein, kein Hund antwortet mir, wenn ich mal was frage, und eine Zeitung kaufen sie mir auch nicht. Ich hab überhaupt keine Ahnung, was draußen passiert. Zum Beispiel: Wird dem gehörnten Scheißkerl von Pippo Genuardi der Prozeß gemacht?«

»Ja, wird er.«

»Und wie läuft's, na?«

»Gut, in gewisser Hinsicht.«

»Was heißt das, in gewisser Hinsicht, Giacomì? Die Hinsicht ist nur eine einzige, und zwar, daß dieser gehörnte Scheißkerl auf Befehl von Don Lollò Longhitano versucht hat, mich umzubringen. Und deshalb muß er ins Loch.«

»Sasà, hör mir zu, denn die Sache ist durchaus nicht so einfach. Weißt du, daß ich in deinem Namen als Nebenkläger aufgetreten bin?«
»Nein, aber das scheint mir zumindest richtig. Das hast du gut gemacht. Wir müssen Pippo Genuardi mit dem Arsch in den Sand kriegen. Welchen Anwalt hast du genommen? Ist er teuer?«
»Er kostet uns keine Lira. Er macht das umsonst. Es ist Advokat Rinaldo Rusotto, der Bruder von Orazio Rusotto, dem Verteidiger von Pippo Genuardi.«
»Hab ich das jetzt richtig verstanden?«
»Du hast richtig verstanden.«
»Was ist das denn für ein Scheißeinfall? Die sind doch Brüder! Ist doch möglich, daß die sich absprechen und uns dann in den Arsch ficken! Wer hat dir den Namen von diesem Rinaldo Rusotto gegeben?«
»Willst du das ehrlich wissen? Don Lollò Longhitano.«
»Der Commendatore?«
»Er war es, der mir gesagt hat, daß wir als Nebenkläger auftreten müßten.«
»Und der stellt sich gegen Pippo Genuardi, der auf sein Geheiß auf mich geschossen hat?«
»Don Lollò hat mir erklärt, daß das alles nur ein Täuschungsmanöver ist, aber eines, das echt aussehen muß.«
»Stell dir vor, dieser Anwalt ist auch nicht ein einziges Mal hierher gekommen, um mit mir zu reden!«
»Er ist nur deshalb nicht gekommen, weil du, wenn du geredet hättest, vielleicht Unsinn geredet hättest. Professor Mangiaforte, der Chefarzt dieses Hospitales, hat erklärt, du würdest an Amnesie leiden.«
»Und was für ein Scheißdreck ist diese Mannesie?«
»Hör zu, Sasà, ich versteh ja, daß du aufgeregt bist, aber du mußt aufhören, unanständige Wörter zu gebrauchen, ich mag das nicht. Amnesie bedeutet, daß du dein Gedächtnis verloren hast.«
»Aber ich erinnere mich doch an alle Einzelheiten!«

»Willst du dich etwa gegen das Wort eines Mannes wie Mangiaforte stellen?«
»O heilige Jungfrau! Die haben sich alle miteinander abgesprochen!«
»Endlich ist das auch dir aufgegangen. Sie haben sich alle miteinander abgesprochen, aus dem Prozeß soll Pippo Genuardi mit einem Freispruch herausgehen. Und du mußt, wenn du mich liebst und wenn du dich liebst, noch etwas tun.«
»Was wollen die noch?«
»Du mußt einen Brief schreiben, den ich dir dann diktiere.«
»Und wenn ich ihn nicht schreibe?«
»Sasà, flicken sie dir hier die Knochen wieder zusammen?«
»Ja, so einigermaßen.«
»Don Lollò Longhitano hat mir folgendes gesagt: ›Sie sollen wissen, daß, wenn Sasà den Brief nicht schreibt, ich jemanden ins Hospital schicke und ihm jeden Knochen einzeln brechen lasse. Schließlich kann er sich nicht mehr verstecken, er kann nicht mehr von einer Wohnung zur nächsten springen wie ein Grashüpfer, wir wissen, wo wir ihn finden.‹ Genau das hat er mir gesagt. Und zu mir hat er noch etwas anderes gesagt.«
»Was hat er dir noch gesagt, Bruder?«
»Daß er mir die Karriere in der Präfektur versaut, indem er allen von mir und Tano Pùrpura erzählt.«
»Was könnte er schon erzählen? Du und Tano seit doch seit jeher Freunde, seit fünfzehn Jahren teilt ihr euch dieselbe Wohnung, um Geld zu sparen ... Was kann er da schon Schlimmes erzählen?«
»Er kann erzählen, so wie er mich bedroht hat, daß Tano und ich Mann und Frau sind.«
»Auf der ganzen Welt gibt es niemanden, der so etwas von dir und Tano behaupten kann!«
»Sasà, ich hab wenig Zeit. Don Lollò kann nicht nur so

denken, er kann es auch sagen. Er besitzt einen Brief. Einen Brief, den Tano mir geschrieben hat.«
»Ah ja. Hab verstanden. Sagst du mir jetzt, was ich in dem Brief schreiben muß?«

C

(Gerichtspräsident – Advokat Rinaldo Rusotto)

»Das Wort hat Advokat Rinaldo Rusotto, der hier Signor Rosario La Ferlita als Nebenkläger vertritt.«
»Danke. Signor Presidente, Signori dieses Hohen Gerichtes! Ich werde mich äußerst kurz fassen. Ich will hier nur diese Erklärung meines Mandanten, Signor Rosario La Ferlita, verlesen, die er dem Notar Cataldo Rizzopinna diktiert hat und die ich bitte, zu den Akten zu nehmen: ›Da mir gestern, durch die Gnade des Allmächtigen, die über so lange Zeit verlorengegangene Erinnerung wieder zurückgekehrt ist, beeile ich mich zu bestätigen, daß ich am Morgen des mir geschehenen Unglückes eine geschäftliche Verabredung mit Signor Galvaruso Amilcare hatte. Da ich verspätet war, lief ich aus dem Portal und stolperte fast unmittelbar darauf, weshalb ich auf die Erde stürzte. Von dem, was dann geschah, erinnere ich mich lediglich an das scheuende Pferd, welches auf mich zugaloppiert kam. Und wenn ich meinen Freund Pippo Genuardi gesehen hätte, wäre ich in seine Arme gelaufen, und es wäre nicht geschehen, was ihm und mir geschehen ist. Dieses entspricht der Wahrheit. Hochachtungsvoll, Rosario La Ferlita.‹
Was soll man dem noch hinzufügen, Signori? Nach dem, was wir hier verlesen haben, ziehen wir die Nebenklage zurück. Danke.«

D

(Calogerino – Commendatore Longhitano)

»Don Lollò, Pippo Genuardi ist zurück. Im Ort bereiten ihm alle eine herzliche Heimkehr, die einen schließen ihn in die Arme, andere küssen ihn ...«

»Calogerino, hör mir zu. Morgen früh, wenn Pippo Genuardi sein Holzlager wieder aufschließt, gehst du zu ihm und...«

»... erschießt ihn.«

»Calogerì, du wirst Genuardi weder morgen früh noch sonst irgendwann erschießen. Ausgenommen natürlich dringende Notwendigkeiten.«

»Don Lollò, dieser unverschämte Hurensohn hat mir den Schädel kaputt geschlagen!«

»Calogerì, Genuardi hat mit dem Abhauen deiner Hörner nicht einen Scheißdreck zu tun. Schuld daran war Sasà La Ferlita. Doch wenn du unbedingt Dampf ablassen mußt, dann gibst du Pippo an einem der nächsten Abende ganz unerwartet, wenn du ihn triffst, ein paar Schläge mit dem Knüppel, daß sich ihm die Haare aufstellen. Von mir hast du die Erlaubnis dazu. Einverstanden? Also, morgen früh gehst du lächelnd in Pippos Holzlager ... Zeig mir mal, wie du lächelst, Calogerì.«

»Ist das gut so?«

»Kannst du nicht ein bißchen netter lächeln?«

»Netter geht nicht, wenn ich an Pippo denke, Don Lollò.«

»Na gut, geben wir uns zufrieden. Du gehst wohlerzogen auf ihn zu und sagst zu ihm: ›Buongiorno, Signor Genuardi. Don Lollò läßt Ihnen sagen, wie zufrieden er ist, daß Sie in Freiheit sind.‹ Und dann händigst du ihm diese Briefe aus. Einer ist von der Erbengemeinschaft Zappalà, der andere von Lopresti, dem, der in Neujork

wohnt. Für die Sache hat sich ein Freund von mir interessiert, der in den Staaten lebt. Nachdem du ihm die Briefe gegeben hast, sagst du: ›Don Lollò sagt, daß ihr jetzt quitt seid.‹ Dann drehst du dich um und gehst.«
»Wieso denn quitt, Don Lollò? Genuardi ist es doch gar nicht gelungen, Sasà umzubringen.«
»Wer sagt dir denn, daß er ihn umbringen sollte? Die Vereinbarung war, er sollte ihm in die Beine schießen. Und das hat er.«

E

(Pippo – Taninè)

»Was für ein Morgen! Was für ein herrlicher Morgen, Taninè! Ich könnte vor lauter Zufriedenheit tanzen!«
»Ja, Pippù, doch inzwischen ißt du und erzählst mir alles.«
»Heute, früh am Morgen, hat man mir zwei Briefe ausgehändigt ... reich mir mal das Salz ... Einer kam aus Neujork und der andere von der Erbengemeinschaft Zappalà. Sie geben mir ihre Einwilligung, Taninè! Jetzt kann ich die Masten für die Telephonleitung zu deinem Vater errichten lassen!«
»Wie haben sie sich denn umstimmen lassen?«
»Mah! Vielleicht, weil ich unschuldig im Gefängnis gesessen habe. Da haben sie möglicherweise Mitleid mit mir gehabt, was weiß ich!«
»Sag, Pippo, ich würde so gerne was wissen. Wieviel hat der Advokat Rusotto von dir verlangt? Der war ja zweifellos tüchtig.«
»Rusotto? Soll ich dir was sagen? Rusotto hat mich keine Lira gekostet. Als ich ihn fragte: ›Advokat, was schulde ich Ihnen für Ihre Mühe?‹, weißt du, was er mir da gesagt hat? ›Ich bin gegen Ungerechtigkeit. Und deshalb verteidige ich die Unschuldigen gratis.‹«
»Ein Heiliger ist der. Pippuzzo, jetzt müssen wir darüber nachdenken, wie wir meinem Vater das Geld für die Telephonleitung abluchsen können.«
»Ich brauche kein Geld von deinem Vater, Taninè. Denn ebenfalls heute morgen hat sich der Vertreter der *Fondiaria Assekuranzen* im Lager eingefunden. Er hat mir gesagt, daß sie mir den Schaden für das Vierrad innerhalb spätestens eines Monates zahlen.«
»Lieber Herr, ich danke dir!«

»Taninè, ich wollte dir sagen, daß ich übermorgen nach Fela fahre. Ich nehme meine Geschäfte im großen Stil wieder auf. Denn ebenfalls heute morgen ist ein Telegramm von der Firma Sparapiano eingetroffen. Es besagt, daß das bestellte Holz auf dem Weg nach hier ist. Das Blatt hat sich gewendet, Taninè! Jetzt hab ich den Wind im Rücken!«
»Sag, Pippù, kann ich meinen Vater für heute abend zum Essen zu uns einladen? Es ist nur, weil seine Frau Lillina heute morgen doch nach Fela gefahren ist.«
»Taninè, was für eine Frage! Es ist doch ein Vergnügen. Lad ihn ein. Aber...«
»Aber was, Pippù?«
»Sag deinem Vater besser nichts, daß auch ich nach Fela fahre. Sonst ist er imstande, mir irgendeinen Auftrag zu geben, du weißt doch, wie dein Vater ist, er kann lästig sein, kaum sagt einer, daß er da und dahin fahren muß, schon hat er ihn beim Wickel: Weil du schon mal da bist, tu mir einen Gefallen, bring mir das, mach für mich jenes. Und ich hab doch keine Zeit, wirklich keine Zeit.«
»Du hast recht. Sag, Pippù, gehst du gleich wieder ins Holzlager zurück?«
»Nein. Ein, zwei Stunden Ruhe will ich mir gern gönnen.«
»Dann wasch ich schnell das Geschirr ab und komme dann.«
»Taninè, machen wir's doch umgekehrt. Erst kommst du zu mir und danach wäschst du das Geschirr ab.«
...
»Maria, Maria, Maria, ja, ja, ja, ja, Maria, Maria, ich bin tot...«
...
»Jetzt die Schubkarrenstellung, Taninè!«
»Ja, ja, ja, ja, ja, Maria, Maria, Maria, jajaja, tot bin ich...«
...

»Jetzt die Kerzenlöscherstellung, Taninè!«
»Tot bin ich, Maria, Maria, Maria, Maria, ja, ja, ja, ja…«
…
»Jetzt die Sozialistenstellung, Taninè!«
»Warte, ich muß mich nur drehen. So. Maria, tut das weh! Tut das weh! Maria, tut… Ja. Ja. Ja. Ja. Jajajajajajajajajaja. Tot bin ich…«

Geschriebenes und Gesagtes

P. 19/11 9303 5420

Divisione 4. Sezione 1.

N. 150?? 1892

(Modello 169)

Il Ministro Segretario di Stato

PER LE POSTE ED I TELEGRAFI

Veduta la domanda del Sig. Filippo Genuardi per la concessione di una linea telefonica ad uso privato;

Veduto il deposito cauzionale di lire Venti fatto presso la Cassa depositi e prestiti n° 98 in data 20 Giugno 1892 Tesoreria di Montelusa

Veduta la Legge 1 aprile 1891 N° 184 ed il Regolamento per la esecuzione della medesima, approvato col R. Decreto del 25 aprile stesso anno N° 288

Decreta

Articolo 1° Al Sign. Filippo Genuardi è data la concessione di una linea telefonica ad uso privato di lunghezza non superiore a tre chilometri per collegare il suo magazzeno con l'abitazione del Sign. Emanuele Schilirò, suo suocero, in Vigàta, provincia di Montelusa.

Articolo 2° La concessione è data per anni cinque con decorrenza dalla data del presente Decreto ed è soggetta alla piena osservanza delle disposizioni contenute nella Legge e nel Regolamento sopra citati.

Articolo 3° Il canone annuo di concessione è stabilito in lire Venti e sarà imputato al Capitolo 37 del Bilancio dell'entrata dell'esercizio del corrente anno ed a quello corrispondente degli anni successivi.

Articolo 4° La concessione è data a tutto rischio del concessionario. Il Governo non è soggetto ad alcuna responsabilità per la costruzione, la manutenzione della linea e l'esercizio della concessione; le indennità per gli appoggi e la servitù, o per qualsiasi altro motivo, sono a carico del concessionario.

Il presente Decreto sarà registrato alla Corte dei Conti.

Roma, li 30 giugno 1892

Il Ministro
Sini

Registrato alla Corte dei Conti
addì 4 Luglio 1892
Registro 677 Entrate F° 398
(G. Cappiello)

S. 19/11 9303 *5420*

Abtheilung 4 Sektion 1a
No. 15073
10939

DER MINISTER
FÜR DAS POST- UND TELEGRAPHENWESEN

Nach Prüfung des Antrages seitens des Signor Filippo Genuardi für die Genehmigung einer Telephonleitung zum privaten Gebrauche;
Nach Hinterlegung der Kautionssumme von Liren Zwanzig bei der Depositen- und Darlehenskasse No. 98 mit Datum vom 20. Juni 1892 Staatskasse von Montelusa;
Nach Berücksichtigung des Gesetzes No. 184 vom 1. April 1891 und entsprechenden Ausführungsbestimmungen desselben, zugelassen mit Kgl. Dekret No. 288 vom 25. April desselben Jahres

dekretiert

ARTIKEL 1. Dem Signor Filippo Genuardi wird die Konzession für eine Telephonleitung zum privaten Gebrauche von einer Länge von nicht über drei Kilometer gewährt, um sein Holzlager mit der Wohnung des Signor Emanuele Schilirò, seines Schwiegervaters, in Vigàta, Provinz Montelusa, verbinden zu können.
ARTIKEL 2. Die Konzession wird für fünf Jahre vom Datum dieses Dekretes an gewährt und unterliegt der strengen Beachtung der in dem oben genannten Gesetze und der o. g. Ausführungsbestimmung formulierten Verfügungen.

ARTIKEL 3. Die jährliche Grundgebühr wird auf Lire Zwanzig festgesetzt und dem Kapitel 37 der Jahreseröffnungsbilanz des Unternehmens für das laufende Jahr und der entsprechenden der nachfolgenden Jahre zugerechnet.

ARTIKEL 4. Die Konzession unterliegt dem Risiko des Konzessionärs. Der Regierung obliegt keinerlei Verantwortung hinsichtlich des Baues und der Wartung der Telephonleitung sowie der Wahrnehmung der Konzession. Die Abgeltungsbeträge für die Mastenfundamente und die Wegerechte oder für jedweden anderen Grund gehen zu Lasten des Konzessionärs.

Das vorliegende Dekret wird beim Rechnungshofe registriert.
Rom, am 30. Juni 1892

Der Minister
Sini

Registriert beim Rechnungshofe
am 4. Juli 1892
Register 677 Spalte Bl. 398
(G. Cappiello)

(Vertraulich)

An
Signor Emanuele Schilirò
Vigàta

Messina, am 18. Juli 1892

Signor Schilirò,
ich hoffe, daß dieser Brief Sie erreicht, auch wenn ich mich in diesem Augenblicke nicht an Ihre genaue Adresse erinnere. Den Brief, welchen Sie jetzt lesen werden, habe ich in Messina aufgegeben (das können Sie an Hand der Briefmarke auf dem Umschlag kontrollieren), und zwar wenige Augenblicke vor Auslaufen der Fähre, die mich zum Festlande bringt, wo ich Arbeit in einer Stadt gefunden habe, die ich nicht nenne und die niemand jemals erfahren wird, auch mein Bruder nicht. Nach Sizilien werde ich nie wieder zurückkehren, nicht einmal im Sarge. Ich hätte Ihnen diesen Brief anonym schreiben können, habe mich dann aber doch entschlossen, meine Unterschrift deutlich, in großen Lettern darunter zu setzen, weil Sie sich so überzeugen können, daß ich Ihnen die Wahrheit schreibe.

Ich sage Ihnen gleich, daß ich aus reiner Rachsucht gegenüber diesem Verbrecher Pippo Genuardi, Ihrem Schwiegersohne, handele, der auf mich geschossen und mich so fürs ganze Leben zum hinkenden Krüppel gemacht hat.

Filippo Genuardi ist ein Verräter an der Freundschaft. Aus niedrigen Beweggründen hat er sich an Commendatore Calogero Longhitano, genannt Don Lollò, verkauft, den Mafiachef der »Bruderhand«. Weil ich mir gegenüber dem Bruder Don Lollòs eine Verfehlung geleistet habe, hat dieser es sich in den Kopf gesetzt, mich theuer dafür bezahlen zu lassen. So habe ich mich aus Vigàta auf und davon gemacht, nach Palermo, doch jedesmal, wenn ich gezwungen war, die Wohnung zu wechseln, hat Ihr Schwiegersohn dem Commendatore schleunigst meine neue Adresse mitgetheilt, und ich habe mich wie der von einem Hunde gehatzte Hase gefühlt. Don Lollòs Männer haben es nicht geschafft, mich zu kriegen, da haben sie es ihn probieren lassen. Und er hatte Erfolg.

Daher wiederhole ich: Dieser Brief will Rache nehmen. Wie Sie sehen, bin ich ehrlich.

Wie Sie vielleicht wissen, waren wir Freunde, Pippo und ich. Wir haben uns gegenseitig alles anvertraut.

Und so sagte mir Pippo vor mindestens zwei Jahren unter dem Schwur der Verschwiegenheit, daß er Signora Lillina gefickt habe, Ihre Frau.

Beide waren allein in Ihrer Villa außerhalb von Vigàta, nicht einmal das Dienstmädchen war im Hause, und irgendwie, sagte er, fanden sie sich dann nackt auf einem Bette wieder.

Unter Lachen und Witzeln erzählte er alle Einzelheiten, alle kleinsten Kleinigkeiten.

Sie haben sich noch zwei weitere Male geliebt, stets in Ihrer Villa, die Augenblicke nutzend, in denen niemand im Hause war. Und auch von diesen beiden Malen erzählte er mir alles ausführlich, weil er, wie er mir sagte, nun besser anfing zu verstehen, was Lillina im Bett denn gerne so treibe.

Sie können mir glauben oder auch nicht, aber ich sagte ihm, er solle mit dieser Geschichte aufhören, weil die Sache gefährlich werden und es irgendwann krachen könne.

Er antwortete mir, daß er die Gefährlichkeit einsehe, aber außerstande wäre, die Sache aufzugeben, er denke nicht im Traume daran, er sagte mir sogar wörtlich: »Dieses Weibsbild bringt mein Blut zum Sieden.«

Und dann redete er von Signora Lillina nie wieder, so daß ich irgendwann schon dachte, daß er meinen Rath befolgt und Schluß gemacht habe.

Eines Tages sprach ich ihn unvermittelt an: »Hast du mit Signora Lillina Schluß gemacht?« – »Nein.« – »Und warum erzählst du mir dann nichts mehr?« – »Weil wir uns ineinander verliebt haben, die Sache ist ernst geworden. Ohne Lillina kann ich nicht leben.« – »Und wie macht ihr's dann, daß ihr euch seht?«

Er erklärte mir, daß er ein totsicheres System gefunden habe. Ein- oder zweimal im Monat würde Signora Lillina Ihnen sagen, daß sie nach Fela zu ihren Eltern fahren wolle. Und auch Pippo fahre ein paar Tage früher oder später nach Fela, damit der Zusammenhang nicht ins Auge falle. Mit der Komplizenschaft von Lillinas Schwester würden sie dann ganze Nachmittage in einem Haus auf dem Lande zusammen verbringen.

Das ist alles. Und wissen Sie, warum Filippo, meiner Ansicht nach, die Telephonleitung zu ihrem Hause haben will? Um frei und ungestört mit Ihrer Frau ihre Treffen besser verabreden zu können.

Und damit Sie mir wirklich voll und ganz glauben: Hat Signora Lillina nicht ein herzförmiges Muttermal genau auf dem Steußbeine?

Rosario La Ferlita

A

(Lillina – Taninè)

»Lillina! Sobald du mich hattest rufen lassen, habe ich alles stehen und liegen gelassen und bin hierher gelaufen. Was ist denn? Was ist passiert? Du hast ein Gesicht, daß einem angst und bange werden kann!«
»Ach, liebe Taninè, was für eine Nacht hab ich verbracht! Was für eine Angst!«
»Aber was hat dir denn so Angst gemacht?«
»Dein Vater, Taninè! Mein Mann!«
»Fühlt er sich nicht wohl? Hast du den Arzt rufen lassen?«
»Taninè, das ist keine Krankheit. Gestern abend kam dein Vater zur Zeit des Abendessens nach Hause zurück, wie immer. Doch statt mich mit einem Kuß zu begrüßen, hat er mich nicht einmal angesehen und schloß sich in sein Arbeitszimmer ein. Ich wußte gar nicht, was ich tun sollte. Nach einer Weile faßte ich mir ein Herz, und hinter der Tür sagte ich zu ihm, daß das Abendessen bereit wäre. Er antwortete überhaupt nicht. Da dachte ich, er hätte mich nicht gehört und sagte es noch einmal. Und weißt du, was mein Mann mir geantwortet hat? ›Trample mir nicht auf den Eiern rum‹, hat er gesagt.«
»Papà!?!«
»Jawohl, er. Zuerst dachte ich noch, ich hätte nicht richtig gehört.«
»Und nachher?«
»War ich beleidigt und hab mich an den Tisch gesetzt, aber ich konnte nichts essen, mein Magen war wie zugeschnürt. Und plötzlich brach im Arbeitszimmer die Hölle los. Dein Vater fluchte, verwünschte, brüllte herum.«
»Papà!?!«

»Nicht nur das, dann war da ein Lärm, Sachen fielen herunter, Sachen zerbrachen, Papier wurde zerrissen... Vor lauter Angst hab ich gezittert, ich schwitzte am ganzen Körper. Was hat er nur? fragte ich mich. Dann war es still. Danach, track track, der Schlüssel drehte sich im Türschloß, die Türe ging auf, gerade so weit, daß dein Vater den Kopf herausstecken konnte. Er sah wie ein Irrer aus, die Haare standen ihm wild zu Berge, die Augen waren weit aufgerissen. Er wollte das Dienstmädchen. Ich schickte sie hinein, und er ließ sich eine Bettstelle ins Arbeitszimmer bringen. Da wurde ich wütend. ›Warum willst du nicht bei mir schlafen?‹ fragte ich ihn aufgeregt. ›Ich bin zu nervös, vielleicht störe ich dich.‹ Die ganze Nacht konnte ich kein Auge zumachen, ich wälzte mich von einer Seite auf die andere. Heute morgen sagte mir das Dienstmädchen, daß er zur gewohnten Zeit weggegangen sei, um halb acht, und daß er ihr ruhig vorgekommen sei.«

»Lillina, hatte er vielleicht Wut auf dich?«

»Auf mich? Aber wieso denn? Nein, mir kam es nicht so vor, als wäre er meinetwegen wütend.«

»Lillina, beruhige dich. Du siehst doch, heute morgen ist er zur Arbeit gegangen, das Dienstmädchen hat dir gesagt, daß er ruhig war. Es ist vorbei. Es muß irgend etwas Unangenehmes mit seinen Geschäften gewesen sein, irgend etwas ist vielleicht schief gelaufen. Du weißt doch, wie er ist, oder? Erinnerst du dich, wie er damals außer sich geraten ist, als Pippo sich das Vierrad kaufen wollte? Das war doch, als hätte ihn der Teufel geritten. Und nach einem halben Tag war alles vergessen. Du wirst schon sehen, heute abend, wenn er nach Hause kommt, bittet er dich um Entschuldigung.«

»Meinst du, Taninè?«

»Ja, das meine ich, Lillina.«

B

(Pulitanò – Pippo – Don Nenè)

»Signor Genuardi, alles in Ordnung! In zwanzig Tagen alles geschafft! Wenn es Ihnen recht ist, können wir jetzt die Endkontrolle machen.«

»Jetzt? Um diese Zeit? Ich wollte gerade das Lager abschließen …«

»Es dauert nur eine Minute!«

»Und dann, sehen Sie, ist es doch schon Abend. Im Haus meines Schwiegervaters essen sie vielleicht gerade, da will ich nicht stören …«

»Signor Genuardi, eigentlich will ich ja noch den letzten Zug nach Palermo nehmen. Morgen früh habe ich eine wichtige Verabredung im Bureau.«

»Na, dann machen wir eben die Endkontrolle.«

»Schauen Sie hier. Zuerst nehmen Sie die Hörmuschel von der Gabel und führen sie ans Ohr, während Sie mit der anderen Hand die Kurbel drei-, viermal herumdrehen. Denken Sie daran, Sie müssen mit der Stimme ein kleines bißchen laut sprechen und den Mund sozusagen an die Sprechmuschel heften. Da kommt die Antwort, kommen Sie mit Ihrem Gesicht ganz nah an meines und hören Sie mit. Hallo?«

»Hallo.«

»Ist das Signor Schilirò?«

»Ja.«

»Ich mache die Schlußkontrolle für die Leitung, Signor Schilirò. Hören Sie mich laut und deutlich?«

»Ja.«

»Ich auch. Hören Sie, Signor Schilirò, Sie müßten mir einen Gefallen tun, nämlich aufhängen und hier anrufen, im Lager Ihres Schwiegersohnes. Ich will nur den Empfang überprüfen, Signor Genuardi. Da ist es, hören Sie?

Es klingelt. Hallo?«

»Hallo.«

»Es funktioniert bestens. Möchten Sie mit Ihrem Schwiegersohne sprechen, Signor Schilirò?«

»Nein.«

»In Ordnung. Guten Abend. Signor Genuardi, von diesem Augenblick an steht die Telephonleitung zu Ihrer Verfügung. Ich danke Ihnen für alle Freundlichkeiten, die…«

»Was denn, was denn, Signor Pulitanò? Machen Sie sich etwa davon? Erst gehen wir einmal ordentlich was essen, und zwar Fisch, frisch aus dem Meer. Danach haben Sie immer noch Zeit für den letzten Zug.«

C

(*Caluzzè – Pippo – Lillina*)

»Caluzzè, du mußt zum Bahnhof gehen, und zwar schnell. Heute morgen kommt die Holzlieferung der Firma Sparapiano an.«
»Ich?! Aber zum Bahnhof sind Sie doch immer selber gegangen!«
»Dann gehst heute morgen eben du. Sieh nach, ob alle Wagen da sind. Es sind fünfzehn, die müßten reichen. Du läßt sie mit Holz aufladen und dann hierher ins Lager schaffen.«
»Wie Sie wollen, Don Pippù.«
»Ach, hör zu, wenn du jetzt gehst, dann zieh das Tor zu.«
»Was denn? Und wenn jemand kommt, der mit Ihnen reden will und das Tor zum Holzlager verschlossen findet?«
»Caluzzè, ich muß etwas Wichtiges erledigen. Später öffne ich das Tor dann wieder.«
»In Ordnung, Don Pippù.«

…

»Was ist denn los, funktioniert es nicht? Herrje, warum antwortet denn keiner? Willst du wetten, daß dieser Scheißapparat von Telephon schon kaputt ist, bevor er überhaupt funktioniert hat? Ach, da ist es ja, endlich! Hallo, hallo! Lillina, bist du's?«
»Hallo.«
»Hallo! Lillina! Ich bin's, Pippo!«
»Ach, du bist's, mein Pippo?«
»Ich bin's, Lillinuzza Liebes, Lillinuzza Angebetete!«
»Oh, heilige Muttergottes! Mir zittern die Knie! Pip-

puzzo mein, Herz meines Herzens, du bist es? Ach, wie lange schon hab ich diesen Augenblick herbeigesehnt, deine Stimme hören zu können!«
»Wie herrlich, wie herrlich, wie herrlich! Was für eine Erfindung ist doch dieses Telephon! Sag mir folgendes: Pippo mein, ich liebe dich.«
»Pippo mein, ich liebe dich.«
»Wann ist dein gehörnter Ehemann aus dem Haus gegangen?«
»Vor einer Stunde.«
»Und das Dienstmädchen?«
»Vor einer halben Stunde.«
»Dann ist heute morgen keine Zeit, daß wir uns sehen können. Amore mio, ich habe das Telephon nicht nur legen lassen, damit wir miteinander reden können, wenn der Gehörnte nicht zu Hause ist, sondern auch, damit wir uns verabreden können, fast jeden Tag.«
»Meinst du das wirklich? Und wie?«
»Folgendermaßen. Hör mir zu. Der Gehörnte geht doch morgens um halb acht aus dem Hause, nicht?«
»Du kannst die Uhr danach stellen.«
»Und du schickst das Dienstmädchen gegen acht Uhr weg, damit es Besorgungen macht, stimmt's?«
»Ja.«
»Gut. Morgen früh, sobald das Dienstmädchen aus dem Hause gegangen ist, rufst du mich an und sagst mir, daß die Luft rein ist. Ich nehm mir dann das Pferd, und in zehn Minuten bin ich bei dir, dann haben wir zwei Stunden für uns. So kann ich dich endlich in meine Arme schließen, dich überall küssen, auf den Mund, auf die Brüste, auf den Bauch, zwischen die Schenkel...«
»Nein, nein, Pippo, ich fühle mich schon ganz schwach werden...«
»Warte einen Augenblick, Lillinè, ich hab da irgendwas gehört. Ich geh mal eben nachsehen, warte am Telephon ... Wer ist da? Ist da jemand? Wer ist da? Ach, Sie sind's,

Papà? Buongiorno. Sieh da, wie seltsam, ich habe Sie gerade zu Hause zu erreichen versucht, und statt dessen sind Sie hierher gekommen! Ich fragte Signora Lillina gerade… O Gott, was ist? Was wollen Sie da tun? Nein, Barmherziger, nein, nein…«

»Pippo? Pippo? O heilige Mutter Gottes, was passiert da? Was war das für ein Knall? Pippo! Pippo! Was war das? Was tun die da, schießen die noch mal? Pippo! Pippo!«

D (*Obergefreiter Licalzi – Tenente Lanza-Scocca*)

»Licalzi, zum Teufel noch mal! Tritt man ein ohne anzuklopfen?«
»Entschuldigen Sie, Signor Tenente. Aber es ist etwas Unglaubliches passiert! Sonst hätte ich mir gewiß nie erlaubt...«
»Reden Sie.«
»Sie haben mir befohlen, jedesmal, wenn ich Zeit dazu habe, in der Nähe von Genuardis Holzlager vorbeizuschauen und zu beobachten, wer hineingeht und wer herauskommt...«
»Ja, und?«
»Vor fünf Minuten war ich in der Nähe des Holzlagers, und es kam mir vor, als hätte ich einen trockenen Knall, einen Schuß gehört. Ich bin dann näher hingegangen, und diesmal habe ich einen weiteren Schuß gehört, ganz deutlich. Ich habe keinen Zweifel, da wurde geschossen.«
»Bist du hineingegangen?«
»Jawohl.«
»Was war geschehen?«
»Daß der Schwiegervater des Genuardi zuerst seinen Schwiegersohn und dann sich selbst mit derselben Waffe erschossen hat.«
»O Gott, was sagst du da?«
»Die Toten sind im Holzlager, Signor Tenente. Wenn Sie wollen, gehen Sie hin und sehen Sie sich das an.«
»Warum hat er das nur getan? Los, sonst kann inzwischen jemand dort hinein und...«
»Keine Sorge, niemand kann hinein oder heraus. Ich habe das Tor zum Holzlager mit dem Schlüssel abgeschlossen. Hier ist der Schlüssel.«
»Gehen wir, verlieren wir keine weitere Zeit.«

»Hören Sie zu, Signor Tenente. Ich bin davon überzeugt, daß niemand die Schießerei gehört hat. Es besteht kein Grund zur Eile. Wir können die Dinge in aller Ruhe angehen.«

»Was für Dinge, Licalzi?«

»Das ist doch eine einmalige Gelegenheit, Signor Tenente.«

»Ich verstehe nicht.«

»Dann will ich's Ihnen jetzt erklären.«

»IL PRECURSORE«

Politisches Tagblatt

Hg. G. Oddo Bonafede 27. Juli 1892

ZWEI PERSONEN VON BOMBE ZERFETZT

Gestern morgen, gegen neun Uhr, wurde von den Bewohnern der Via Crispi in Vigàta (Montelusa) eine gewaltige Explosion wahrgenommen, die gleich zu erheblicher Panik führte. Der Tenente der Kgl. Carabinieri, Ilario Lanza-Scocca, der gemeinsam mit seinem Untergebenen Licalzi zufällig in der Nähe vorbeiging, lief unverzüglich zum Ort des Geschehens.

Die Explosion hatte sich im Holzlager von Signor Genuardi Filippo ereignet, das sich an der Nr. 22 der genannten Straße befindet. Dem Tenente und seinem Untergebenen, welche durch das von der Explosion aus den Angeln gerissene Tor ins Lager eingedrungen waren, bot sich ein schauriges Bild: Unter den Trümmern lagen die fürchterlich zugerichteten Körper des Genuardi und seines Schwiegervaters, Schilirò Emanuele, 60 Jahre, eines bekannten und hochgeschätzten Kaufmannes dieser kleinen Stadt.

Über die Ursache dieser Tragödie gibt es keinerlei Zweifel: Es handelt sich um eine Bombe von mittlerer Sprengkraft, die zufällig explodierte, als der nämliche Genuardi sie zusammenbastelte (in der Nähe seiner Leiche wurden nicht explodierte Patronen und Zündschnüre für den Bau anderer Sprengkörper gefunden).

Die sich spontan stellende Frage ist: Hat sich der Schwiegervater, Schilirò Emanuele, nur zufällig in dem Holzlager befunden, oder war er ein Komplize des Genuardi, welcher seit langem schon vom Kommando der Kgl. Carabinieri in Vigàta als gefährlicher Subversiver verdächtigt wurde?

Wir erinnern noch einmal daran, daß der Genuardi,

vor einiger Zeit in eine obskure Verletzung in Palermo verwickelt, zuvor bereits von zwei Haftbefehlen wegen ersubversiver Thätigkeiten verfolgt worden war, doch eigenthümlicherweise immer freigesprochen wurde.

Die Kgl. Carabinieri ermitteln.

»IL PRECURSORE«

Politisches Tagblatt

Hg. G. Oddo Bonafede — 28. Juli 1892

NEUE EINZELHEITEN ÜBER DIE BOMBE IN VIGÀTA

Signora Lillina Lo Re, Gattin von Signor Emanuele Schilirò in zweiter Ehe, welcher gestern gemeinsam mit seinem Schwiegersohne Filippo Genuardi auf Grund der unvorhergesehenen Explosion einer Bombe im Holzlager des Genuardi in Vigàta umgekommen ist, hat unserem Reporter, Signor Empedocle Culicchia, erklärt: »Gestern morgen, kurz nach halb neun, hat das Telephon geläutet, welches erst vorgestern zwischen dem Lager des Schwiegersohnes meines Gatten und unserem Hause eingerichtet worden war. Es war Genuardi, welcher sich nach seinem Schwiegervater erkundigte. Denn seit einer Woche war mein armer Gatte durch ich weiß nicht was erregt und verwirrt, beinahe so, als habe er sein tragisches Ende vorausgeahnt!«

Hier mußte Signora Lillina Lo Re unterbrechen, weil ein heftiges Schluchzen sie am Weitersprechen hinderte. Nachdem sie sich mit Mühe wieder beruhigt hatte, fuhr sie fort: »Ich antwortete ihm, daß mein Gatte, obwohl er sich noch nicht besser fühlte, um halb acht das Haus verlassen habe, wie immer, um zur Arbeit zu gehen. Ich wollte gerade die Hörmuschel wieder einhängen, als ich abgebrochene und zusammenhanglose Worte hörte, auf die zweimal ein Knall folgte, die mir wie Schüsse vorkamen. Voller Sorge zog ich mich eilig an und begab mich auf die Straße nach Vigàta, denn unsere Villa liegt auf dem Lande. Irgendwann traf ich dann Gaetanina, die Tochter meines Gatten und Frau von Filippo Genuardi, die gekommen war, um sich nach der Gesundheit ihres Vaters zu erkundigen. Ich sagte ihr, was ich am Telephon gehört hatte. Wir beschlossen, nach Hause zurückzukehren und noch einmal zu versuchen, mit dem Lager zu telephonieren. Doch niemand antwortete. Völlig entsetzt liefen wir in den Ort und kamen an, als die Tragödie bereits passiert war.«

Der Kommandant des Kommandos der Kgl. Carabinieri von Vigàta, Ilario Lanza-Scocca, war so freundlich, unserem Reporter seine persönliche Sicht der Dinge darzustellen.

»Die Erklärung der Gattin von Signor Schilirò entspricht der Wahrheit. Signor Schilirò hatte auf irgendeinem Wege von der subversiven Thätigkeit seines Schwiegersohnes Kenntnis erhalten und war darüber entsetzt. Als vorbildlicher Bürger und Mann der Ordnung mußte Signor Schilirò die Thatsache, daß sich ein subversives Element als kriecherische Schlange in seine häuslichen vier Wände eingeschlichen hatte, als Schande für sich und seine hochangesehene Familie empfinden. Und so hat er angefangen, ihn zu beobachten, und forderte das gleiche auch von Calogero Jacono, seinem Vertrauensmann, der allerdings als Lagergehülfe Dienst bei dem Genuardi that. Gestern morgen hat der Jacono, welcher vom Genuardi die Anweisung erhalten hatte sich zu entfernen und das Thor des Lagers zu verschließen, keine Folge geleistet und ließ das Thor offen, wodurch er es dem armen Schilirò ermöglichte, ungesehen dort einzudringen. Und so bemerkte dieser zu seinem Entsetzen, daß sein Schwiegersohn eine Bombe bastelte! Sich zu erkennen gebend, bedrohte er den Genuardi mit einem Revolver, doch dieses tückische Individuum stürzte sich auf ihn. In Nothwehr mußte Schilirò auf ihn schießen, danach, durch Scham und Schande verrückt geworden, richtete er die Waffe gegen sich selbst.«

Unser Reporter Empedocle Culicchia fragte daraufhin den hervorragenden Offizier, wie er es sich erkläre, daß sich die Explosion ungefähr zehn Minuten nach den Schüssen ereignet habe.

»Der arme Schilirò«, erklärte Tenente Lanza-Scocca, »nahm sich das Leben in der Überzeugung, daß er den Genuardi auf der Stelle getötet habe. Doch dieser war noch nicht tot (Schlangen sterben eben nicht so einfach!), und er versuchte verzweifelt, den Sprengsatz zu verstecken. Hätte er die Verwundung überlebt, hätte er hundertundeinen Grund für die Schießerei anführen und die ganze Schuld seinem Schwiegervater anlasten können. Aber weil er schwer verletzt war, hat er die Bombe nicht sachgemäß gehandhabt, und so ist sie explodiert. Dies erklärt den zeitlichen Abstand zwischen den Schüssen und der Explosion.«

Die Ermittlungen der Kgl. Carabinieri von Vigàta gehen weiter.

GENERALKOMMANDO DER HEERESEINHEIT DER KÖNIGLICHEN CARABINIERI
DER GENERALKOMMANDEUR FÜR SIZILIEN

An den
Tenente Ilario Lanza-Scocca
Kommando der Königlichen Carabinieri
Vigàta

Palermo, am 20. August 1892

Tenente!
Ich theile Ihnen mit, daß Sie auf Grund Ihres Scharfsinnes, Ihrer Zähigkeit und Ihrer Fähigkeit, welche Sie im Falle Genuardi bewiesen haben, eine Feierliche Belobigung erhalten werden, welche Ihrer Personalakte beigefügt wird.

Zum nächsten 1. September werden Sie nach Palermo versetzt, und zwar als Erster Adjutant zu meiner Verfügung.

Sie sind wirklich ein tüchtiger Offizier.

Der Generalkommandeur
(*Carlo Alberto de Saint-Pierre*)

P.S. Es wird Ihnen sicher Freude machen zu erfahren, daß Tenente Gesualdo Lanza-Turò auf meinen Vorschlag hin nach Rom versetzt wurde und ebenfalls eine Feierliche Belobigung erhält.

MINISTERIUM DES INNEREN
GENERALDIREKTION DER POLIZEI –
DISZIPLINARBUREAU

Signor Antonio Spinoso
Polizeidienststelle in
Vigàta

Rom, am 20. August 1892

In Folge von Beschwerden und Beanstandungen von mehreren Seiten, die uns bezüglich Ihres unkooperativen und zeitweilig sogar behindernden Verhaltens gegenüber den von den Königlichen Carabinieri von Vigàta eingeleiteten Ermittlungen hinsichtlich des bekannten Subversiven Genuardi zugegangen sind, hält dieses Disziplinarbureau Ihr weiteres Verweilen in Vigàta für unvereinbar mit der guten Harmonie, welche immer und in jedem Falle die Beziehungen zwischen den Carabinieri und der Polizei bestimmen muß.

Daher werden Sie als Stellvertretender Dienststellenleiter nach Nughedu (Sardinien) versetzt.

Sie müssen sich bei der Ihnen zugewiesenen Dienststelle innerhalb des und nicht später als am kommenden 10. September präsentieren.

Der Direktor des Disziplinarbureaus
(*Generalinspekteur Amabile Piro*)

MINISTERIUM DES INNEREN
DER MINISTER

An den
Hohen Offizier
Arrigo Monterchi
Polizeipräsident
von Montelusa

Rom, am 20. August 1892

Herr Polizeipräsident,
die von Ihnen an den Tag gelegte verhärtete Haltung gegenüber S. E. dem Präfekten von Montelusa betreffs der Angelegenheit mit dem bekannten subversiven Individuum Genuardi hätte man als normale Meinungsverschiedenheit zwischen freien Überzeugungen zweier Hoher Repräsentanten des Staates verstehen können, sofern Sie die Grenzen nicht in überaus ungebührlicher Weise überschritten hätten. Was Sie zur Stützung Ihrer These (welche sich im übrigen als auf tragische Weise unbegründet erwies) in Bewegung gesetzt haben, ging soweit, daß Sie zwei hervorragende Offiziere der Carabinieri systematisch verleumdet haben, welche nichts anderes im Sinne hatten, als ihre Pflicht zu erfüllen. Und damit haben Sie auch den Generalkommandeur der Carabinieri auf Sizilien getäuscht und ihn dazu gebracht, von Irrthümern geleitete Maßnahmen zu ergreifen. Nicht genug damit, haben Sie die wenig klaren Winkelzüge des Polizeidienststellenleiters von Vigàta, Ihres Untergebenen, in Schutz genommen.

Im Einvernehmen mit S. E. dem Ministerpräsidenten sehe ich mich zu meinem Bedauern gezwungen, Ihren weiteren Verbleib in Montelusa als ungelegen zu betrachten.

Innerhalb eines Monates nach Erhalt dieses Schreibens werden Sie Ihren neuen Bestimmungsort Nuoro (Sardinien) erreichen.

Ich gebe der Hoffnung Ausdruck, daß Sie Lehren aus der jüngsten Vergangenheit ziehen und gewisse, nicht unbedingt positive Aspekte Ihres Temperamentes abzumildern verstehen werden.

Der Minister
(Unterschrift unleserlich)

E

(Polizeidienststellenleiter – Polizeipräsident)

»Entschuldigen Sie, Herr Polizeipräsident, wenn ich Sie zu Hause störe. Ich wollte mich nur von Ihnen verabschieden. Heute, nach dem Mittagessen fahre ich ab.«
»Kommen Sie doch herein, Spinoso, ich bin ja auch im Begriff abzureisen. Ich verlasse Montelusa schon früher, ich will noch ein paar Tage in Sondalo verbringen, bei meiner einzigen Tochter, die dort verheiratet ist. Da ist die Luft gut.«
»Ich wußte gar nicht, daß Sie eine Tochter haben.«
»Oh, ich habe sogar einen kleinen Enkel, der ist zwei Jahre alt, und ich kenne ihn noch gar nicht.«
»Heilige Madonna, wie viele Bücher! Das ist ja ein ganzes Zimmer voll! Lassen Sie die etwa in Montelusa?«
»Einer meiner Freunde hier wird sich darum kümmern, sie mir mit der Zeit nach Nuoro zu schicken.«
»Herr Polizeipräsident, soll ich Ihnen etwas Komisches sagen?«
»Gibt es denn noch etwas Komisches in diesem Lande?«
»Das, was ich Ihnen sage, ist es. Im Ministerium hat man keine Ahnung von Geographie. Da weiß man nicht, wo Noghedu liegt.«
»Na, wo liegt es denn?«
»Wenige Kilometer von Nuoro entfernt. Damit werde ich Ihnen wieder unterstehen. Und das ist ein schöner Trost für mich.«
»Für mich auch. Entschuldigen Sie, das Telephon läutet. Hallo? Ja, ich bin es. Nein, Sie stören nicht, sprechen Sie nur. Ach ja? Unglaublich! Ich danke Ihnen. Ich werde vorbeikommen und mich von Ihnen allen verabschieden. Auf Wiedersehen und danke.«
»Ich gehe, Herr Polizeipräsident.«

»Spinoso, wollen Sie etwas Komisches hören?«
»Gibt es denn noch etwas Komisches in diesem Lande?«
»Man hat mich aus dem Polizeipräsidium angerufen. Gerade hat man erfahren, daß Präfekt Marascianno, der seinen Dienst wieder angetreten hat, nach Palermo versetzt worden ist, und zwar mit den Aufgaben eines Koordinators aller Präfekten auf der Insel. Bringt Sie das nicht zum Lachen?«
»Nein, Herr Polizeipräsident. Ich verabschiede mich.«
»Was tun Sie denn da? Sie reichen mir die Hand? Kommen Sie her, Spinoso. Umarmen wir uns.«

Anmerkung des Übersetzers

Bei dem hier vorliegenden Roman von Andrea Camilleri haben wir es im Original mit einer komplexen Mischung aus Italienisch, Italienisch-Sizilianisch und reinem Sizilianisch zu tun. Damit ist auch schon das alte Dilemma des Übersetzers umrissen: Was tun in einem solchen Fall? Der Dialekt einer Sprache kann nicht als Dialekt in einer anderen Sprache wiedergegeben werden. Wohl aber muß die Stimmung, die durch Verwendung von Dialekt in der Originalsprache entsteht, nachgestaltet werden. Daher schied eine Einfärbung in oder Anlehnung an einen deutschen Dialekt von vornherein aus: ein solches Sprachmittel hätte eine beträchtliche »atmosphärische« Verschiebung und damit eine einschneidende Veränderung der Originalvorlage zur Folge. Ein »neutraler« Jargon, der bei anderen Gelegenheiten seine soziale Berechtigung haben mag, kam hier ebenfalls nicht in Betracht, weil auf Sizilien – wie übrigens in den meisten Regionen Italiens – Dialekt nicht auf gesellschaftliche Stellungen hindeutet, sondern durchgängig von allen Klassen gesprochen wird. So ist nur eine Lösung geblieben: Hochdeutsch zu übersetzen, mit reichen Schattierungen; die mit *Geschriebenes* betitelten Kapitel gestalten über weite Teile ein altmodisches Beamtendeutsch aus der Zeit vor der Jahrhundertwende nach (schließlich spielt der Roman in den Jahren 1891/92), während sich das *Gesagte* eines sehr flüssig gesprochenen Deutschs mit gelegentlichen Verschleifungen bedient.

Ich vertraue also auf die Ausdruckskraft der in dieser Übersetzung verwendeten ungewöhnlichen Worte und Wendungen und darauf, mit ihnen eine Stimmung geschaffen zu haben, die dem Humor des Originals sehr nahe kommt.

Moshe Kahn

ANDREA CAMILLERI, geboren 1925 in Porto Empedocle in der sizilianischen Provinz Agrigento, lebt in Rom. Er ist Schriftsteller, Essayist, Drehbuchautor, Theaterregisseur, lehrt an der Accademia d'arte drammatica Silvio d'Amico in Rom. Erfinder des Commissario Montalbano, so genannt zu Ehren von Vázquez Montalbán, und Verfasser mehrerer sehr erfolgreicher historischer Romane über sein Heimatland Sizilien.

Die italienische Originalausgabe erschien 1998 unter dem Titel *La concessione del telefono* bei Sellerio editore in Palermo.

Die Übersetzung wurde mit Mitteln
der Europäischen Kommission im Rahmen des Programms
Ariane 1999 unterstützt.

12.– 14. Tausend im August 2000

Verlag Klaus Wagenbach, Emser Straße 40/41, 10719 Berlin
Umschlaggestaltung Groothuis & Consorten unter
Verwendung einer Illustration von George Petty / Esquire
Gesetzt aus der Korpus Galliard von der
Offizin Götz Gorissen, Berlin
Druck und Bindung: Clausen & Bosse, Leck
Bucheinbandstoffe von Herzog, Beimerstetten

ISBN 3 8031 3143 x